NOVEL

Paolo Stella

MEET ME ALLA BOA

MONDADORI

librimondadori.it
anobii.com

Meet me alla boa
di Paolo Stella
Collezione Novel

ISBN 978-88-04-70521-5

I edizione giugno 2018

Indice

Meet me alla boa

You once said:
Ill be back.
And you did it.
FRANCI

DRIN

«Pronto?» esce vibrato dalle mie labbra.

Calibro la giusta dose di aspettativa con la probabile delusione, come chi confronta la schedina con i numeri dell'Enalotto.

Il telefono di casa non squilla mai, mi guardo intorno sorpreso prima di riconoscere la suoneria. Credo che il numero non ce l'abbia nemmeno mia madre.

Io e Marti lo abbiamo messo come fosse una dichiarazione d'amore, un segreto solo nostro. Quella di Fastweb diceva che era un'occasione imperdibile: Internet e numero fisso in super promozione. Internet da solo costava di più, era praticamente necessario.

Sono nato, cresciuto e convivo con quella strana sensazione di perdermi sempre qualcosa: che non ho ancora interpretato il ruolo della vita, che il mio bel faccino sta già appassendo e che peccato non poterlo fermare lì, in un attimo di celluloide perfetto, immortabilmente giovane, luminoso, vivo.

Che poi sarei potuto pure morire. La prova di cosa ero stato c'era, l'impronta l'avevo lasciata, ma vivevo con il terrore che se non fossi andato a quella festa mi sarei perso l'occasione di incontrare il contatto giusto, quello della svolta che da sempre, ti dicono, è lì, proprio dietro l'angolo. Che se non avessi sorriso anche in quel posto arrugginito, a quelle facce stanche, nemmeno quella volta si sarebbero accorti che valgo qualcosa.

Il silenzio della risposta dilata il tempo. L'aspettativa si alza.

Ho vinto la lotteria, vuoi vedere? Dopo la sfiga che mi hanno rubato il cellulare alla stazione ci vorrebbe proprio. Faccio mente locale. No, non ho comprato nessun biglietto. Di solito lo fa il mio babbo, che poi se lo dimentica e lo perde. Dice che se vince dà tutto in beneficienza. E io sono sicuro che dice sul serio e che nel caso mi toccherebbe litigarci.

«Buonasera.»

Dall'altro capo del telefono c'è una donna, dall'accento mi pare straniera.

È seria, troppo seria.

«Buonasera a lei.»

«Buonasera» ripete.

Alzo gli occhi al cielo. Potremmo andare avanti così per giorni, per mesi, magari provandolo con tutti gli accenti del mondo, anche con i dialetti.

Sono infastidito, non so perché, ma questa donna mi mette ansia.

Ho la sensazione di sapere esattamente cosa sta per dirmi e contemporaneamente non averne la minima idea.

So che è importante. Lo sento da come respira.

«Sono l'ufficiale di polizia Betancourt, del distretto di Paris.»

Paris è l'unica parola che pronuncia bene, perfetta.

Mi piace quando le donne francesi parlano in francese con l'accento francese. Le vorrei chiedere anche di pronunciarmi garage, madame, monsieur oppure les jeux sont faits. Mi illudo sempre che quel tono sussurrato e nasale sottintenda che ci stiano provando con me. Ecco mi sono distratto di nuovo.

«Scusi, ha detto polizia?»

«Sì. Lei è da solo in casa? Può sedersi per favore?»

Se ti chiedono di sederti è un casino, Houston abbiamo un problema.

È questo il momento, lo ricordo bene, in cui la mia insofferenza si è trasformata in odio. Irrazionale, lo so, ma l'ho odiata. Anche se non sapevo nemmeno che faccia avesse, anche se parlava in francese e sotto sotto ci stava provando con me.

L'ho sentita insinuarsi nella mia casa con le pareti carta da zucchero che ha scelto Marti, con quella riga oro che corre a quaranta centimetri dal pavimento su tutto il perimetro della casa, come a impacchettarla. Che poi ha scelto tutto Marti. Gli specchi tondi sul camino, lo zoccolo grigio blu uguale al divanone, le travi bianche. Quelle però col cavolo che le ha dipinte lei! Io mi ci sono quasi spezzato la schiena. Come quella volta con le poltrone di cuoio stracciato che abbiamo comprato a Porta Portese, che lei diceva fossero vintage e che a me sembravano soltanto vecchie e che io, e sottolineo io da solo, ho portato su per quattro piani di scale. Il pianoforte invece è stata una mia idea. Quando lei non c'è, io canto. Noi attori abbiamo un sacco di tempo per cantare, tra un film e quella cornetta arrogante che suona solo quando non la aspetti più.

«Sono in piedi e sono solo.»

«Si sieda, per favore.»

«Sono seduto.»

Non è vero e dalla velocità con cui ho risposto credo lo abbia capito anche l'ispettrice, o qualsiasi cosa sia. Ma questa sottile linea pseudo-ribelle ha delineato la maggior parte delle mie scelte, figuriamoci adesso.

«Bene. La chiamo perché abbiamo trovato questo numero sul cellulare di una ragazza qui a Paris; ha subito un incidente. La situazione è molto delicata. Abbiamo chiamato "casa". Quindi supponiamo lei sia della famiglia.»

Tutto intorno a me si ferma e allo stesso tempo corre disperato.

In sequenza alterno foto flash della giornata.

Il bacio del mattino, «sveglia dai dormiglione che perdo il treno, mi accompagni vero?», tu verso Parigi, io, la stazione, quel bacio più lungo del solito che non mi aspettavo, «ci vediamo fra tre giorni, fai la brava», tu che sorridi, mi guardi, «io non faccio la brava, io sono brava», il tuo avere sempre ragione, il tuo lasciarmi sempre senza parole, il tuo saper chiudere i discorsi come il migliore degli sceneggiatori del più riuscito dei film.

Tu, quel finestrino brunito, i denti bianchi in formazione perfetta sfocati dietro le incrostazioni di calcare del vetro, la voce dell'altoparlante, gente che gira a giostra, io e te, zitti, divisi dall'acquario come nel *Romeo+Juliet* con Di Caprio ma senza pesci, le dita su quello scorrere freddo che si toccano lo stesso. «Che tanto ci vediamo fra pochi giorni», e io che devo interpretare il labiale ma ti capisco, capisco tutto, perfetto, ogni singola parola, e mi sembra pure di sentire la tua voce. Mi guardi male mentre poso lo sguardo su una ragazza nera con i dread, mi fai il gesto con la mano quasi a dirmi «ti meno». Scherzi, lo sai che tanto sono tuo. Che stavolta di me ti sei presa tutto tu. Non solo gli occhi, ma anche la testa ti sei presa, legata per sempre, guardandomi da dietro mentre ti bacio la schiena prima di fare l'amore. Te la sei presa non dandomi mai ragione, polemizzando su tutto con quella dolcezza infinita di cui sei capace quando mi dici quindici «ciao carino» di fila mentre camminiamo per strada, e di certo non abbiamo bisogno di salutarci. Te la sei presa perché sei buona. E sembra una cazzata, ma è l'unica cosa che cerco.

Il treno che fischia e parte, io verso casa, che guardo le terrazze di Roma e penso che un giorno ne comprerò una tutta per noi, con il pergolato e il glicine, anche se sporca e tu non ne vuoi sapere, ma tanto ti convinco. Infilo la mano nella tasca della giacca di pelle, stavolta te lo mando prima io il cuore e poi scrivo *primo!*. Strano che non l'abbia già fatto tu, che mi batti sempre. Le donne sono più veloci... merda! La tasca è vuota, che cazzo è successo? Maledetti, me l'hanno rubato, come hanno fatto? Io, scemo, ero lì che guardavo te, solo te, che te ne andavi anche se per pochi giorni. Due giorni lì, da sola, che non potevo difenderti. Da cosa, poi? Tu sei più forte di me, lo sei sempre stata. Ma io questa protezione genetica da qualche parte la dovevo pure riporre, che il babbo me l'ha passata in ogni braccio che ho visto circondare la vita di mia madre, in ogni giacca appoggiata sulle spalle, in ogni «risolvo io, organizzo io, decido io, ti porto io». E io l'avevo messa lì sul mio petto, a farti da cuscino quando con la testa ti appoggi piano.

«Ti peso?»

«Sì. Ti prego, continua a pesarmi.»

E tu ti voltavi e mi guardavi, nella penombra, con quegli occhi nocciola e quelle ciglia troppo lunghe per essere vere. Ma lo erano, e tu dicevi che erano una tortura, che ti si rivoltavano nell'occhio e diventava rosso. E giù con quel collirio che te lo fa tutto bianco. «Secondo me fa male, ne sei proprio dipendente. Negli anni dell'adolescenza ti sarai pure dribblata la coca e anche l'ecstasy, ma ti pare che ti devi fissare con l'iridina?» Tu non rispondi, ma ridi piano. E lo vedo perché la chioma sussulta e spargi filamenti di profumo sul mio petto.

Sei quello, quel solletico, quella carezza involontaria, quello spargerti su di me.

«Sono il suo ragazzo.»

«La situazione è piuttosto delicata. Stiamo cercando di contattare anche i genitori, perché riteniamo opportuno che veniate il più presto possibile a Paris. Non troviamo il loro numero. Lei me lo potrebbe fornire?»

«Non li conosco personalmente, mi dia un attimo.»

Da automa, svuotato, senza pensieri prendo il Post-it giallo attaccato in cucina sopra la nostra polaroid. *Mamma cell.* La madre di Marti aveva comprato il suo primo cellulare solo da un mese, era stato un evento epocale. Il via alla tecnologia per una donna perfettamente a suo agio nel passato. Una mamma che sa di mamma, di pane fatto in casa, senza profilo Facebook e con tanti capelli.

Ripeto il numero sempre da automa.

«Bene la ringrazio. Pensa di venire?»

«Certo. Prendo un volo e arrivo.»

«Bene le lascio il numero del...»

«È morta, vero?»

Troppo silenzio. Lo senti subito quel troppo, è lucido come una lama.

«La situazione è critica.»

«È morta.»

«Mi dispiace molto. La aspettiamo qui, quando potrà.»

Clic.

Maiki è davanti a me, in penombra.

Era passato a prendermi per andare a cena da Valeria. Era salito, si era preso una birra, tanto *mi casa es tu casa,* sapeva come muoversi.

Era rimasto lì. Immobile.

L'aria era densa di blu notte, pesante.

Silenzio.

Lo guardo immobile. «È morta.»

Non risponde, mi guarda.

L'occhio gli si vela. E io lo vedo lo sforzo che fa a ricacciare dentro quel liquido arrogante.

Lo vedo cosa pensa, come se potessi leggere pagine bagnate dall'inchiostro, parole incastrate nelle righe della fronte. Il dolore ti fa leggere le persone.

Pensa che non può crollare, che questo dolore non è una sua prerogativa.

Pensa che un mese prima eravamo tutti a casa sua, a Forte dei Marmi, e che stavamo così bene che al mare non ci siamo nemmeno mai andati.

Pensa che Marti era speciale e che era la prima ad avermi messo in riga.

Pensa che ci vedeva costruire insieme qualcosa, come stava facendo lui nella sua relazione. Pensa che le nostre due coppie si erano formate a un mese di distanza, che procedevano parallele, che eravamo uno l'esempio per l'altro.

Pensa a Pantelleria, a quei ridicoli trabiccoli che si affittano per scarrozzare lungo le tortuosità dell'isola piegata dal vento.

Pensa che per la prima volta era riuscito a scavalcare la nostra amicizia, raggiungendo l'altra persona senza filtrarla attraverso me.

Che Marti non era solo la mia fidanzata, ma era una testa che lo metteva spesso in difficoltà. E non succedeva quasi mai.

E questo gli piaceva.

Pensa per un attimo che lui poteva essere al posto mio.

Pensa che ama ed è amato.

È distrutto dal dolore. È felice, è salvo. Contraddizione assoluta, essenzialmente umana.

«Cerco un volo.»

L'unico modo per stare vicino al dolore di un altro è essere pratici.

Maiki si mette al computer. Io mi metto nel vuoto.

Provo una sensazione di corsa paralizzata. I muscoli pronti a scattare, ma totalmente inconsapevoli della direzione. Sto per andare in tilt.

Mi siedo sul letto e le doghe cigolano. Anche questo mi ricorda te.

Tutto parla disperatamente di te. Dei tuoi rumori, delle tue tracce, di te che sei qui rarefatta nel ricordo.

«Il primo aereo parte da Ciampino alle cinque del mattino. Confermo?»

Abbozzo un sì con la testa, automatico, senza intenzioni. Vorrei solo spegnermi. Vorrei un interruttore sulla testa. On-off.

Vorrei essere in un film di serie B con la scritta *Due mesi dopo...*

«Ti faccio la valigia, stasera dormi da me.»

Butta qualche maglione, dei jeans, magliette e mutande nella sacca grigia con i profili blu.

Lo guardo passivo, come se non avessi mai avuto un gusto personale. Sono pezzi di stoffa che non serviranno a proteggermi dal ghiaccio tagliente che sento dentro.

«Andiamo» mi dice Maiki. Non è mai stato così risolutivo. È quasi freddo, distaccato, una macchina.

È perfetto per me, adesso.

Salgo in casa sua. Ieri sera eravamo qui a festeggiare il primo compleanno della bimba di Maria Chiara. È ancora piena di palloncini, piattini, carta regalo, tutto in un monocromatico rosa imperante.

Ieri si festeggiava la vita. Oggi boh.

«Vuoi qualcosa per dormire? Ho delle goccine. Non sono forti, magari però riesci a riposare un po'.»

«Grazie, Maiki. Non dormirò. Tu vai a letto, sono già le due. Fra tre ore dobbiamo essere in aeroporto.»

«Sì. Ti accompagno io. Ho chiamato anche Raffaele. Dice che, se vuoi, viene a Parigi con te. Posso venire anch'io, se vuoi.»

«No, ragazzi, vado da solo, grazie.»

«Okay. Vado un po' a letto. Se hai bisogno...»

«Okay. Buona notte.»

«Buona notte. Suona strano, scusa.»

«Okay, non preoccuparti. Rimango qui sul terrazzo un po'.»

«Okay.»

Buio. Nuvole. Piazza Cavour sotto di me cigola di tanto in tanto. Il terrazzo di Maiki si affaccia sullo spazio aperto. Mi sento come un tuffatore professionista, come gli dei dall'Olimpo.

Guardo giù. Non penso di buttarmi, ma penso che forse sarebbe il pensiero adatto. Penso.

Il vento scombina la tensione di un gruppo di palloncini, ricordo della festa di ieri. Si agitano confusi, legati a quel mattone forato dallo spago grezzo. Trovare quel mattone è stato un casino. Le cose più semplici non si trovano mai.

Siamo tutti palloncini legati a un mattone pronti a divincolarci e salire su.

Forse la vita è quel mattone. Forse la tensione di quello spago è il nostro percorso su questo strano pianeta, tensione evolutiva.

Forse io sono quello con il numero 1. Quel palloncino che segna il primo anno della figlia di Maria Chiara.

Lo prendo, lo slego dal mattone, lo libero dalla vita.

In bilico fra il ridicolo e le lacrime penso a te, Marti, in cielo, in alto.

Non so esattamente dove, nascosta nel nero di una notte sorda.

Stringo lo spago ancora un po', assaporo questo desiderio di libertà, il desiderio di fuga, di vita che sta per scappare dalle mie mani.

Respiro profondamente e apro il palmo. «Ti vengo a salutare, Marti» sussurro, mentre numero 1 si dibatte nelle correnti. Lo guardo aggrappato al suo ondeggiare, uno spago tra i miei occhi e quell'oggetto in fuga.

Lo seguo finché riesco, mi sforzo, stringo gli occhi, non voglio perderlo.

Poi la notte lo inghiotte, vorace e assassina.

Resto un po' in attesa, con lo sguardo fisso su questo mare nero. Magari mi arriva un segno, magari 1 torna.

Sono stanco morto e lucidissimo. Non dormirò, lo so.

Mi arrampico sul cornicione e mi stendo sulle tegole. Se Maiki mi vedesse si incazzerebbe.

Stanotte non ho paura di niente.

Sono distrutto e invincibile. Sono staccato dalle emozioni più basilari.

Come quando ti spacchi una gamba e ti si rivolta. E ti fa così tanto male che non senti nulla.

Così male che il cervello decide per te. È troppo, cancella.

Sospeso nel nulla aspetto le cinque, occhi aperti ciechi di vuoto.

Maiki si sveglia, arriva Raffaele.

Aeroporto, un abbraccio confonde i corpi, «sicuro che non vuoi che... okay, okay», gli occhi dell'impotenza, le parole che non esistono, il check-in, la pressurizzazione assordante, Parigi.

Passo uno

La facciata di mattoni rossi nasconde la segreta identità dell'edificio, la traveste di normalità compatta.

Un alveare di corpi morti in una specie di fabbrica inglese post industriale.

Penso che sia un edificio stupido. Semplicemente stupido, senza personalità, senza la sacralità che dovrebbe avere.

E allora mi viene da odiare i francesi che l'hanno costruito così.

Come vi siete permessi di metterla lì dentro? Non è un tempio degno del tempio che contiene.

Arrivo da solo davanti a quel portone, dopo aver raccontato al tassista di colore tutta la mia storia, piangendo senza pudore. Del mio rinomato autocontrollo non c'è più traccia.

Per una cavolo di volta un tassista parigino era stato gentile.

Fra le mie lacrime, nell'incontro con quello sconosciuto, avevo scorto con stupore una delicatezza a cui non ero stato abituato dalla categoria. Saremmo potuti diventare amici in una situazione differente.

Arrivato.

La mano sulla maniglia di ottone, freddo, spingo, entro.

E faccio il primo passo.

Il primo passo di ogni cosa è importante.

Ogni volta che entro per la prima volta in un posto esprimo un desiderio. Me lo ha insegnato un'amica ballerina tanti anni fa: «Primo passo, sempre con la destra, energia nella falcata e desiderio in testa, così accadono le cose!». Poi era diventata Étoile dell'Opera di Roma e non la vidi più ma ho sempre pensato che se aveva funzionato così bene con lei, meglio non rischiare.

E da allora cerco di fare un sacco di primi passi, perché ho un sacco di desideri.

Questo primo passo invece arriva sordo, vuoto, carico di un desiderio troppo grande, troppo immenso, troppo arrogante. Anche per me che ne esprimo senza soluzione di continuità, a rullo battente.

Il mio primo passo in un obitorio.

Il mio primo passo ormai solo.

Il mio primo passo di disperazione totale, di rabbia cieca.

Il mio primo passo con te fu in quel locale parigino con la moquette rossa e viola: il piede che sprofonda nello spessore del tessuto e attutisce tutti i rumori mentre la scalinata si attorciglia attorno a cascate di morbido velluto. Avevo seguito il gruppetto con cui ero a cena poco prima al Café Ruc. Subito dopo i saluti e le presentazioni, ci avevano sistemato in due tavoli separati, che eravamo troppi.

«Ciao, sono Francesco» allungo la mano aperta, sorrido con una certa confidenza.

«Ci hanno presentato meno di due ore fa. Eravamo insieme a cena» rispondi.

Cominciamo bene, penso.

«Scusa, c'era un sacco di gente e per me erano quasi tutte facce nuove.»

Sorride. E sorride tutto di lei. Labbra, occhi, zigomi, capelli compresi.

Mi stupisco di essermela fatta scappare, di averla lasciata passare senza segnarmi come una scritta sulla sabbia. Mi succede spesso però: noto le cose alla seconda tornata, nella prima sono troppo concentrato ad apparire giusto.

Lei continua a sorridere. «Non ti preoccupare, noi della moda osserviamo tutto più attentamente, ti avevo già schedato. Deformazione professionale, l'ispirazione è sempre dietro l'angolo, non si sa mai. Poi ti conosco, so chi sei. Un po' perché ti seguivo quando eri in quel programma Tv. Quando ero più giovane mi piacevi. Ho addirittura comprato *Cioè*, con lo sticker della tua faccia nella pagina delle domande delle lettrici. La tua faccia in mezzo alle domande più stupide del pianeta, però penso di averla appiccicata nella Smemoranda.»

«Non capisco se sono complimenti oppure frecciatine. Nel dubbio scelgo la prima opzione.»

«*Up to you.* Comunque ri-piacere, sono Marti.»

E sorride di nuovo. Ma come fa? Quando sorride si spegne la musica e si sfocano i contorni.

«Marti, bel nome. Ma scritto proprio così? Cioè, è l'abbreviazione di Martina?»

«No, Marti e basta e senza la y finale. La nonna, mamma della mamma, si chiamava Marina, detta Mari, quella di papà Matilda, detta Mati. Due donne piuttosto forti e non si voleva scontentare nessuno, così è uscito Marti. Ci sono dentro tutte e due. E io me le porto in giro per il resto della vita. Ero molto affezionata a entrambe.»

«Carina come cosa. La mamma voleva chiamarmi come suo fratello, Francesco, e il babbo come il suo, Stefano. Io mi chiamo Francesco e basta. Mia mamma durante il parto, fra una contrazione e un urlo, ha fatto giurare al babbo che mi avrebbe chiamato come suo fratello. Le donne sanno sempre quando è il momento giusto per dire le cose.»

«Quindi questo è il momento giusto per dirti che sei molto carino?»

Okay, vuoto. Non sono abituato, tutto così diretto. Sorrido mentre l'imbarazzo si shakera con due dosi di esaltazione personale e una di attrazione fisica.

Me lo dice mentre affonda la cannuccia nera appoggiata alle labbra colorate nell'arancione del suo negroni sbagliato.

Sa che ha colpito nel segno, sa che non ho idea di cosa rispondere, spalle al muro, 1 a 0 per lei.

Le donne sanno sempre quando dire le cose, non c'è nulla da fare.

Poi si volta, mi saluta con gli occhi e si immerge nel compatto magma umano, trovando una via come l'acqua fra le rocce.

La perdo di vista in un attimo, risucchiata nella gelatina umana che ondeggia al ritmo sexy di Donna Summer.

Massimo, il mio amico nonché il motivo per cui sono qui stasera, mi chiama con un colpetto alle spalle.

«Prendi qualcosa da bere?»

«Sì, okay, andiamo al bar. Un negroni sbagliato, sì, era un negroni sbagliato.»

«Come?»

«Vorrei un negroni. Sbagliato mi raccomando...»

«... Come quello di Marti? Vi ho visto che parlavate. Sembravi un idiota imbambolato.»

«Grazie Max, mi ci voleva questa scarica di fiducia! Ma come hai fatto a vederci?»

«Noi della moda siamo abituati a osservare tutto.»

«Lo ha detto anche lei.»

«È tosta, sappilo.»

«Lo so.»

Sorridiamo entrambi. Massimo involontariamente mi ha sempre presentato le mie fidanzate. Credo che sia una dote naturale come l'intonazione o l'equilibrio. Alle sue sfilate, alle cene, al suo compleanno. È il mio cupido formato fashion designer.

Con il mio drink in mano, sbagliato tanto quanto me, mi faccio inghiottire dall'entusiasmo psichedelico della notte parigina.

Come un proiettile vengo scoppiato fuori dalla polvere da sparo proprio davanti a Marti che parla con un tale Jonathan, PR della moda.

«Ciao, piacere, sono Marti» allunga la mano e ammicca.

«Ciao, piacere, Francesco. Mi pare di averti già visto in giro, ma forse mi sbaglio.»

«Credo di sì. Lui è Jonathan.»

Jonathan ci guarda, non capisce che sta succedendo.

«Ciao, Jonathan. Ora devo andare, ho cose molto importanti da fare. Solo una cosa Jonathan, potresti dire alla tua amica che è davvero molto carina?»

«Carina?» Marti mi guarda con aria di sfida. «Carina?! Andiamocene Jonathan, qui c'è gente con uno scarsissimo senso estetico.»

«... Certo, e voi della moda non lo potete sopportare...»

Ride e scompare di nuovo. E cominciamo così.

Lì è iniziato tutto, in quello sguardo che si allunga voltandosi e ti lega a sé.

In quel rincorrersi nel labirinto di una notte parigina, in mezzo alla gente accatastata nella musica.

In quel cercarsi, affamati di quegli occhi.

In quello sfiorarsi, facendo finta sia per caso.

In quel «piacere di conoscerti» ripetuto almeno altre quindici volte, ogni volta uguale, ogni volta più dentro.

In quel negroni sbagliato che era la cosa più giusta del mondo.

In *Our love* cantata da Donna Summer, che da allora, per me, sei tu.

Poi la perdo.

La cerco in tutte le stanze. Come un segugio senza traccia odorosa, vago.

Massimo mi recupera nell'ultima in fondo.

«Andiamo a casa? Sono le quattro e domani sarà una giornatina complicata.»

«Ho perso Marti. Volevo almeno salutarla. Non le ho chiesto nemmeno il numero di telefono.»

«Ti troverà lei, non preoccuparti. Credi ancora di poter decidere qualcosa? Il gioco lo conducono loro, nostro malgrado.»

«Ma dici? Cioè, sicuro che la rincontro? Cioè, secondo te...»

«Franci, finiscila. Fidati.»

Sospiro, alzo le spalle, infilo le mani in tasca e cerchiamo un taxi.

Che a Parigi è più difficile che trovare la donna ideale.

Passo due

La pesantezza delle gambe è direttamente proporzionale al desiderio di arrivare alla meta.

Le mie gambe sono due macigni, arpionati alla terra, le trascino con lo sforzo dei buoi che portano l'aratro, con la sola differenza che qui non c'è terra friabile, ma graniglia compatta.

Il secondo passo è la vera sfida. È più duro del primo, sempre.

Che non c'è manco l'idea di un desiderio da esprimere.

Che il primo può essere inconsapevolezza, ma il secondo è scelta.

Andare avanti quando vorresti spegnere tutto.

Anche tra noi il secondo passo lo hai fatto tu.

Come al solito cogliendomi di sorpresa, osservando divertita le mie reazioni imbarazzate.

Salendo le scale di legno dell'appartamento di Fabrizio, che mi ospitava a Parigi, continuavo a darmi del cretino.

Quell'appartamento era praticamente lo studio del mio psicologo. Era sempre lì, su quel divano di Gio Ponti, così stilisticamente perfetto e così incredibilmente scomodo, che confidavo tutti i miei drammoni sentimentali. Fabrizio mi ascoltava e in due parole mi dava sempre il consiglio più giusto, spesso il più duro da ricevere. Ma quella sera era troppo tardi per svegliarlo e il mio psicodramma prese il sopravvento già nell'androne di ingresso, esplodendo nelle scale in una serie di ipotesi a posteriori, di quelle che non servono a nulla, ma ti danno per un attimo l'illusione di poter modificare il passato.

Cosa ci voleva a chiederle il numero? Era così semplice, quasi scontato.

"Ehi, scommetti che mi sono scordato il tuo nome, ma non dimenticherò il tuo numero? Spara!"

No, troppo tamarro. Che poi, «Il tuo numero? Spara!» è la battuta di un film che ho girato un po' di tempo fa, l'ho detta almeno quaranta volte e non mi è mai venuta bene.

"Ora mi segno il tuo nome in rubrica, così non lo dimentico più. Magari dammi anche il numero... così è tutto più completo!"

Sfigato, che sfigato!

"È stata una serata piacevole. Mi piacerebbe rivederti. È troppo se ti chiedo il numero di telefono?"

Naaaa... comunque terribile e inutilmente formale.

Forse non chiederlo è stata l'opzione migliore.

Che poi è la vita che decide da sé, è più intelligente di noi.

Mi tolgo le scarpe e mi butto – piano Fabrizio, te lo giuro, piano – sul letto a una piazza (piccolissimo) di Gio Ponti, di verde ospedaliero vestito. Un letto scomodo come pochi, ma la gente della moda vede la comodità come un accessorio di troppo, rovina l'effetto estetico finale, *if you feel comfortable you never get the look*, c'è pure la guru della moda Anna dello Russo che lo cantava in loop.

Sulla scrivania, sei bambole da collezione mi guardano con aria di sufficienza. Pare mi stiano domandando come è andata la serata.

«Le hai chiesto il numero?»

Anche voi? No, eh.

Ipsae, la preferita di Fabrizio, sembra la più insistente. I tratti sono leggermente orientali, come fosse nata da un matrimonio misto dove l'Oriente ha conquistato territori europei, lunghi capelli veri, intercambiabili all'occorrenza e un guardaroba da far invidia alla più victim delle fashioniste. Da qualunque punto tu la guardi, lei ti guarda, nascondendo in sé un germoglio del mistero della Gioconda. Gli occhi glieli disegna Fabrizio a seconda delle stagioni e dell'umore, con pennellini sottili e matite mignon, perdendoci le ore e la vista.

All'inizio della nostra amicizia mi pareva pazzo ad avere tutte queste attenzioni per degli oggetti a forma di donna. Poi, con il tempo, conoscendolo meglio, mi sono stupito di quanta energia potesse spendere nella cura di esseri inanimati, riuscendo a conferire loro una propria esistenza indipendente, quasi un'anima.

In casa parlavamo in tre, anche con la bambola e, dopo le prime volte, mi pareva assolutamente normale. Da fuori avrebbero potuto prenderci per pazzi.

Fabrizio si è creato un filtro personale per osservare la vita, staccandosi anche da se stesso.

Ipsae non teme mai di mostrarsi sincera, anche a costo di sembrare un po' stronza. Ti osserva con quella sua aria sempre accigliata, incurante di piacerti o meno. E ha una sua verità su tutto.

Ora, per esempio, che mi guarda così, senza nemmeno un velo di compassione, mi toglie ogni residuo di vittimismo.

«Sono stato un coglione, okay, bellina? Ora che lo abbiamo appurato, buona notte.»

Mi svesto alla rinfusa, senza un ordine preciso, esattamente come me.

Mi rannicchio nella piazza singola, striminzita, di Gio Ponti. Sarà pure un oggetto di design, ma nulla a che vedere quanto a comodità con il mio comunissimo lettone di Ikea king size.

Sotto, rue de Varenne è silenziosa come solo certe strade parigine sanno essere.

Un *tin* pungente taglia affilato il silenzio.

Tutte quelle storie del "basta un fiammifero a illuminare anche la notte più nera" e robaccia simile mi sembrano per un attimo verità assolute. Nel silenzio completo il *tin* mi è sembrato un tuono.

È un messaggio di Facebook, riconosco il suono. Chi mi scrive alle 4:08? Ormai riconosco tutti i suoni. Facebook, Twitter, WhatsApp, Instagram, sms, email, immobiliare punto it che mi invade da mesi anche se la casa ormai ce l'ho. Mi sento un direttore d'orchestra con i suoi strumenti, ho l'orecchio assoluto delle notifiche.

Il display si illumina.

Un messaggio da Marti.

Mi ha trovato, aveva ragione Massimo.

E mi ha pure scritto subito, senza seguire nessuna di quelle regole base tipo "non essere tu il primo a scrivere", "fa passare almeno due giorni", "fa' finta che non te ne freghi nulla".

Le conosco bene solo perché sono la mia Bibbia.

Regole fondamentali per sopravvivere alla guerra dei sessi, strategie di marketing sentimentale nel mercato mondiale delle coppie, e io studioso pluridecorato di quelle filosofie antiche.

Marti invece se ne frega, mi cerca su Facebook e mi scrive.

Questa donna ama spiazzarmi, credo sia il suo hobby principale, il suo primo lavoro, la sua dedizione.

"Caro Franci", "Ciao Fra!", "Ehi come va?", no, non c'è nulla, manca proprio qualsiasi forma di saluto iniziale. Il messaggio non ha niente di convenzionale. Solo una serie di domande assurde in ordine sparso.

Ho un problema, ho baciato il mio ragazzo con la lingua, sono incinta?

La mia amica ha sedici anni e ha avuto già numerosi rapporti. Mi devo sentire da meno?

Il mio ragazzo mi ha chiesto di dargli un bacio a mulinello, devo portarlo in un mulino? Esistono ancora?

E via così.

Una pagina intera.

Nessuna firma a chiudere, solo: *Cioè, mi piaci.*

Buio, non capisco nulla. Poi ripercorro le nostre chiacchiere di ieri, lento, per non perdere dettagli importanti fra un negroni e l'altro. Ecco, sì, lo sticker della mia faccia, Cioè, le lettere delle ragazze, io lì in mezzo, il mio primo affacciarmi nella vita di Marti, in fondo ci siamo conosciuti lì per la prima volta.

Questa ragazza è un genio.

Lo penso mentre comincio a ridere piano, per non svegliare Fabrizio di là.

Sei davvero un genio, Marti.

Ora il problema è tutto mio, però. Cosa rispondo? Risulterò comunque poco brillante.

Ha giocato in attacco, prevedendo ogni mossa.

Sono già perdente in partenza. Però che bello. Chi se ne frega.

Il ruolo di quella "smart" se lo è già accaparrato lei.

Mi prendo quello di "okay".

Okay, me ne frego e mi butto. Okay, rischio tutto, che tanto non ho nulla da perdere. Okay, ti dico la verità.

Okay, mi hai spiazzato già tre volte, e tutte nella stessa sera. Domani ti vorrei vedere. E proverò a baciarti. Così lo sai.

Non ho la minima idea di come le mie dita possano aver trovato il coraggio di digitare queste parole. Le invio subito, prima che la mente abbia il tempo di realizzarle e, saggiamente, di bloccarmi.

Invia.

Inviato.

Attendo il verdetto per qualche interminabile minuto. Quei minuti di attesa, infiniti come quando la corte si ritira per deliberare e ormai tu non puoi fare più niente o quando chiudono il televoto nelle trasmissioni Tv. Passerò alla fase successiva? Sono ancora in lista per aggiudicarmi il montepremi finale?

Poi quel *tin*, ancora una volta, sempre così nitido sul tappeto musicale della mia sospensione.

Correrò il rischio. Domani, ci vediamo al tramonto al Centre Pompidou, fuori dal ristorante dove non ti sei nemmeno accorto che ci fossi, magari recuperi.

Perfetto a domani. E tranquillizza la tua amica, che se fa la brava la porto al mulino rosso!

Non risponde, ma so che sta ridendo rintanata in qualche mansarda di Parigi.

Passo tre

Marti aveva la fissa del numero 3.

Tutto era 3 nella sua vita. Dalla data di nascita, 3/03/1983, al numero di regali che mi faceva quando tornava da un viaggio di lavoro, ai "ciao" che diceva ogni volta che usciva.

Ciao, ciao, ciao.

Il mio numero invece è sempre stato il 12.

Che sommato, 1+2, fa 3.

E io mi sono sempre sentito la somma di Marti, qualcosa di scomposto rispetto alla sua semplice primarietà, però alla fine la stessa cosa. Quello che conta è il risultato finale, no?

E noi alla fine siamo fatti della stessa sostanza, della somma di complessità diverse che danno un risultato comune.

Faccio il terzo passo, con quella fatica emotiva dei movimenti significativi, appesantito dal simbolo, dal numero, da quell'elemento così tanto suo.

Sto arrivando da te, Marti.

Da quello che resta di te.

Da quello che resta di me.

Chissà come sarà guardarti senza che tu possa farlo a tua volta.

Come in quegli zoo con i vetri specchiati dove ti illudi che il leone ti stia sfidando, ti abbia puntato e prescelto, invece sta solo guardando se stesso e tu non esisti.

Ti guarderò con la stessa fredda lucidità scientifica di chi studia forme di esistenza che non conosce. Forse mi accorgerò di non esistere.

Ti riconoscerò?

Sto arrivando da te penso, aprendo gli occhi fra le boiserie tortora dell'appartamento di rue de Varenne.

Ipsae è ancora lì che mi guarda, mi sorprende che non si sia mossa tutta la notte. «Sei invidiosa, perché oggi io splendo» le dico sogghignando.

Lo so, lo sento nella pelle, senza guardarla avverto che fa luce, che respira viva, che mangia ossigeno, che vuole correre.

C'è persino il sole.

E Parigi con il sole è uno spettacolo che non si commenta. Addirittura i parigini ridono, che è anche più raro del sole.

Oggi devo andare a una sfilata. Una di quelle grosse, ambite. Una di quelle che se ti invitano vuol dire che conti qualcosa.

Se poi è Chanel Haute Couture, se ti mettono in prima fila, e se accanto a te siede Jessica Alba, be', allora sì che la cosa diventa importante.

È capitato tutto per caso.

La scorsa settimana una mia vecchia compagna di scuola mi ha telefonato per dirmi che si trovava a Roma in vacanza con un'amica parigina, Laetitia.

Io le ho raggiunte volentieri, proponendomi di accompagnarle in giro per la città che tanto noi attori ne abbiamo di tempo libero, e io l'ho sempre impiegato amando questa città, innamorandomi del suo volto più segreto, del suo carattere più lascivo. Le ho condotte per mano attraverso i viottoli ciottolosi del centro e le ho convinte a fermarsi per pranzo a mangiare nei ristorantini genuinamente romani con i tavoli sgarrupati, i camerieri amabilmente scorbutici e gli scontrini scritti a penna sulla tovaglia di carta oleata che la finanza mi domando ancora dove sia.

Non sapevo chi fosse Laetitia, non chiedo mai "chi sei?" che prevede come risposta "cosa fai?".

Credo che lei abbia apprezzato questo disinteresse.

Solo quando è partita ho scoperto che era la head designer accessori di Chanel, un gradino subito sotto il re Karl, bella, magrissima e ovviamente potente come tutte le donne che lavorano nella maison.

Nella email che mi arriva pochi giorni dopo la sua partenza, vicino al suo nome, dopo la chiocciola, il marchio di Madame Cocò mi fa luce sulla vera natura professionale della mia compagna di carbonare domenicali.

Per ricambiare il tasso glicemico impennato e l'aumento esponenziale di carboidrati, ti ho riservato un posto in prima fila al Grand Palais. Secondo me, ti potresti divertire. Lae.

E così ora sono qui.

Mi sono messo pure il papillon e sono pienamente consapevole che farò figuracce a non finire. Non conosco nessuno, nemmeno quelli che tutti conoscono. Il mondo della moda ha gerarchie ben precise, guelfi e ghibellini perfettamente allineati nei loro schieramenti, scale di potere aleatorie ma precise, un codice di comportamento ferreo. Non c'è niente di scritto, ma si sa. Cioè loro lo sanno, sanno tutto.

Davanti a me un leone di venti metri d'oro luccicante custodisce sotto la zampa una perla da dove escono modelle austere e filiformi.

Io guardo i denti del felino, perfettamente ricostruiti,

sono alti quanto me e mi distraggono dal motivo reale per cui siamo qui. Vestiti.

Jessica (ormai la chiamo così, quasi fossimo amici da sempre) dice che le piace il cappottino rosso, se lo farà mandare.

«Ottima scelta» rispondo io, come se mi avesse detto che preferiva il prosciutto cotto a quello crudo, con la stessa padronanza dell'argomento.

Mi ha sorriso annuendo, mentre in faccia potevo leggerle, stampata a caratteri cubitali, la parola *POVERINO*.

Mi sento fuori luogo. Mi diverto un sacco. Del resto è una sensazione familiare, quasi consolatoria, che provo da sempre, di quando ti abitui talmente tanto a qualcosa di sgradevole che te lo fai piacere. E quella sgradevolezza diventa abitudine familiare.

Milla Jovovich, alla mia sinistra, mi sorride e mi fa una foto con la macchinetta. «È per mio figlio, ha chiesto con chi sono.»

Ciao, figlio di Milla.

Laetitia è bellissima, vestita di leggerezza in forma di chiffon nero. «Dopo abbiamo una festa privata in una suite del Costes» mi dà un bacio volante e si immerge in un mare di flash.

Io continuo a ridere. È tutto meraviglioso e surreale, ma io tanto penso a te, Marti.

Non ti conosco affatto, è vero, ma mi hai dato un centro, in meno di ventiquattrore, è record.

Non mi sento fuoriluogo fra le star internazionali, io, con le mie fiction e i filmetti indipendenti che vedrà solo mia madre. Alcuni neppure lei.

Io stasera vedo Marti, e, se mi va bene, la bacio pure.

È strano come alcune persone ti possano livellare gli scompensi. Che poi tutte le insicurezze partono da noi, sono frutto delle nostre mancanze. Non esistono, come i sogni, finché non siamo noi a renderle concrete.

Se ci penso è paradossale.

Quanto è facile concretizzare una frustrazione piuttosto che un sogno, sembra che ci mettiamo di impegno.

Ci concentriamo sempre sulle cose sbagliate.

Dall'altra parte della passerella c'è un muro di obiettivi fotografici su traballanti scalette portatili.

Mi chiedo cosa si staranno domandando i fotografi appesi alle palizzate.

«Chissà chi cacchio è quel biondino seduto in prima fila.»

«Cavolo, vedi, non mi sono aggiornato.»

«Sarà il solito figlio di papà che non sa come impiegare il suo tempo.»

Guardo la cartelletta stampa. Jessica Alba è segnata come american actress.

Io come italian actor.

Alla fine la differenza è poca. Almeno per iscritto.

Stessa pagina, stessa colonna, lei sopra, io subito sotto.

Secondo me è solo una questione alfabetica. "Sono l'italian!" vorrei gridare.

I fari sparano milioni di volt, mi pare che il Grand Palais lanci nell'Universo fasci di luce come nei film fantascientifici. Le modelle corrono sul filo di una crisi isterica. Sono il centro del mondo per tre o quattro minuti, forse meno, non deve essere facile il contraccolpo quando esci dallo spotlight.

La musica ti entra nel corpo, risale dal pavimento come un serpente che ti striscia su per le caviglie. La vibrazione ti porta al movimento simultaneo. Stiamo tutti ballando un'impercettibile coreografia coordinata, piccoli movimenti accennati, ma precisi. Da dentro ci racconta quell'arte fatta di cuciture e volumi inattesi, ci conduce alla scoperta di uno stupore che cammina davanti a noi. Le ragazze non hanno una vera espressione, forse non è concesso loro. Portano avanti con fierezza l'idea di un altro, regalano la non interpretazione, lo svuotamento della loro personalità, sono a servizio, un po' come gli attori, quelli bravi. Qualcuna – deve essere più famosa delle altre, avrà già avuto le sue copertine – osa di più: accenni di arroganza, un velo di sorriso ammiccante, un profumo che sa di consapevolezza del proprio ruolo. Sono esseri molto particolari, le modelle. Sono alieni, credo. Si somigliano tutte pur essendo diverse, hanno caratteristiche somatiche comuni, come fossero una razza. I ricami, le perle sulle borse a tracolla, quel pizzo leggero che esce dalla gonna fasciante, tutto mi corre davanti, veloce, vorrei fermarlo. Ma loro lo sanno che io sono qui? Ma lo sanno che ci siamo incrociati in questa vita? Lo sapranno mai?

Silenzio dietro l'ultimo passo dell'ultima modella che esce dalla quinta e scompare.

Sospesi. Nella moda amano la sospensione.

Ed eccole di nuovo. Tutte insieme. Ognuna ha combattuto la sua battaglia, ora trionfano in gruppo per la vittoria della guerra.

Ti travolgono senza toccarti, cariche di progetti, di previsioni economiche, di bilanci commerciali, di creatività organizzata, di unicità disperata.

Esce Karl, subito dopo il suo mito, insieme salutano il loro pubblico.

Si applaude, che ti sia piaciuta o meno è irrilevante, Chanel si applaude e basta. È come applaudire alla bandiera nazionale o alla propria squadra durante i campionati mondiali. Lo fai al di là del gusto personale, lo fai per appartenenza.

Dodici sono i secondi che concede al suo popolo, poi le stesse quinte che lo hanno visto apparire lo inghiottiscono nuovamente, riportandolo nel mito.

Dagli spalti si alzano tutti. I giornalisti di moda li riconosci dal tempo di reazione con cui dallo stato seduto, una volta uscito lo stilista, mutano il loro moto di stasi, con un'accelerazione esponenziale, in corsa furibonda. Devono uscire per primi, individuare il proprio driver in una selva di automobili tutte uguali, tutte nere, tutte chic, salire in corsa e scappare alla prossima sfilata. Sembra questione di vita o di morte, forse lo è.

Io ho finito i miei impegni parigini fino a stasera, e sono scortato nel backstage, di cui, senza alcun merito, faccio parte, mentre alcuni fotografi e intervistatrici rampanti ci vengono incontro.

Sorrido, poso per la foto, riconosco nell'ordine Jo Squillo, che non sa chi sono, e Karl Lagerfeld, a cui Laetitia aveva già parlato di me. Bipolarità della vita.

È bello, comunque, conoscere uno che ha segnato la storia.

Nel frattempo, dentro, rido.

Una berlina nera, come quelle dei giornalisti, mi porta nell'atmosfera rarefatta di velluti rosso sangue del Costes.

Pranzo fra gente ricca, ricchissima.

Si vede dalla sicurezza con cui sceglie le posate, senza battere ciglio, in modo automatico. Io spio e copio, ma con una nonchalance che non dovrebbe più farmi dubitare delle mie qualità di attore. Mi adatto alla grande, in ogni situazione.

Il papillon alle dieci del mattino forse è stato un azzardo, ora mi soffoca un po'.

Come al solito, un po' traballante, mi sono prestato ai taglienti giudizi della gente della moda, barcamenandomi fra "contadino vestito a festa" e quello "top-favola-wow-troppo-avantissimo". Chissà cosa avranno detto di me dietro quei gentilissimi sorrisi di circostanza. Credo di non aver superato l'esame, cioè ne sono praticamente certo.

Stranamente non me ne preoccupo, tanto dopo vedo Marti.

«Prendo un po' d'aria, arrivo subito, con permesso.»

Mi alzo dal tavolo e percorro un lungo corridoio insistentemente adornato di specchi, inseguendo con lo sguardo diversi segmenti di me.

Esco, luce.

«Ciao.»

«... Oh... Ciao, Marti!»

Silenzio. Sorriso. Proseguo.

«Scusa sono un po' sorpreso, non credevo di incontrarti... cioè di incontrarti adesso. Io ero settato sull'idea del tramonto.»

«Sbagli a settarti. La vita è più intelligente di noi, ama scombinare i piani.»

«Allora magari ti chiamo vita da ora in poi, perché tu stai scombinando tutto.»

«Lo prendo come un complimento, qualsiasi cosa sia. Devo scappare, ho un'altra sfilata. Sei venuto nel periodo peggiore dell'anno. Sono una trottola.»

«Forse è stato il momento perfetto per venire qui.»

Silenzio. Mi guarda un po' dal basso, inclinando la testa, un accenno di sorriso.

«Ogni tanto sai dire delle cose perfette tu, carino. A dopo.»

Io allora la prendo per le braccia, la guardo un attimo, con quella tempistica al millesimo di secondo dei grandi sceneggiatori americani, senza vuoti, tutto è compatto e denso. La porto verso me, stringendole con fermezza il braccio, con la sicurezza di Marlon Brando in *Un tram chiamato desiderio* mentre tutto intorno si cristallizza in assoluto silenzio. In slow motion le prendo il viso fra le mani, i miei occhi liquidi si versano nei suoi, li chiudo, lei li chiude e la bacio, lungamente, con passione e sicurezza.

Poi nella mia testa il regista urla "stooooop" e mi risveglio da quel limbo di azioni che avrei voluto fare e non ho mai fatto.

La vedo camminare di spalle, sicura, mentre la sua sciarpa leggera tende ancora a me, come a dirmi "vieni anche tu".

La guardo, la bocca semi aperta, fisso come un palo.

Una folata di vento le scompiglia i capelli mentre si volta al rallentatore, con la precisione scientifica di un film di Woody Allen, in una coreografica confusione di capelli bruni sciolti al vento.

Sento anche la colonna sonora, ma credo sia solo nella mia testa.

You are always on my mind, le note sussurrate, nella versione struggente di Inger Gundersen. Mi arrivano chiare, come se la cantante mi stesse accanto, accompagnata da una band improvvisata di artisti di strada al mio servizio.

La gente intorno, distratta, non si accorge del miracolo in atto.

Marti continua a sorridermi mostrandomi il bianco assoluto dei suoi denti, mentre io alzo la manina, come un bambino di sette anni. Dura dieci secondi, forse dodici, dura come un'uscita di Karl, ma è il massimo.

Mi viene da piangere, sono felice come quando piove con il sole.

Ma dove te ne vai Marti? Ma non vedi che tutto quello che importa è qui, adesso?

Ma non lo vedi che io ti vedo, ma per davvero?

Ma non la senti la Inger che mi canta qui affianco? Quando ti ricapita? Bene che ti vada, c'avrai un Eros Ramazzotti o una Dolly Parton.

Ma davvero ti perdi tutto questo per una sfil...

Svolta l'angolo, scompare.

Ciao, Marti, a dopo.

Ritorno nei bui lividi del mio pranzo, fra le risate fragorose di donne troppo ricche per essere felici e donne troppo felici per essere veramente ricche.

Mi siedo confuso mentre mi servono il polletto con il purè. Credo di aver scelto la cosa meno chic di tutto il menu, forse di tutta la storia dei menu del mondo, ma era l'unica che avevo decifrato in quella lista in francese.

È passata la fame e lo stomaco si è chiuso.

Credo abbia paura di far uscire tutto quel sentimento che si è condensato grazie a un sorriso, una sciarpa volante e poche parole. E allora si chiude, lo conserva così, per i tempi di magra. Lo dicevo sempre da ragazzo: «Conservo un po' di felicità per i periodi di magra», che puntualmente arrivavano.

«Stasera abbiamo la cena, Francesco, la macchina ti verrà a prendere alle otto meno dieci.»

«Ah, veramente io...»

«Sì, sì, tesoro, lo so, non devi ringraziarmi. È che sei piaciuto così tanto a tutti, con quella tua aria sospesa, così *Vacanze romane*, che mi hanno detto che devi stare al tavolo anche tu. Quello principale! Non ti ho detto nulla finora perché non volevo emozionarti troppo prima della sfilata. A dopo *trésor*.»

Io nella testa avevo solo due parole.

Marti e tramonto.

Era quello il punto epico della mia giornata, il mio unico scopo.

Che mi frega della cena? In un altro momento avrei ammazzato pur di finire a quel tavolo, ma ora c'è Marti. Di più! C'è Marti e il tramonto!

«Okay, a dopo.»

Sospeso lo sono, adesso.

Cellulare alla mano. Chiamo o scrivo un messaggio?

Che figuraccia, le sto dando buca al primo appuntamento. Io non tiro mai bidoni, ma questa volta, cacchio, proprio questa volta! È possibile che le cose o non accadono mai o tutte insieme?

Okay, messaggio. Scrivi testo.

Ciao, Marti, come stai? Ho un problema per stasera. Non riesco a venire al Pompidou per il tramonto. Mi dispiace moltissimo, vorrei poter annullare tutto, ma è una questione di lavoro. Possiamo vederci più tardi? Sono davvero mortificato. Bacio, F.

Invia.

Tin. Leggi messaggio.

No.

Ghiaccio liquido al posto del sangue, il respiro bloccato nella trachea. Che faccio?

Tin. Leggi messaggio.

Hai perso la tua occasione, baby. In bocca al lupo per tutto.

Guardo lo schermo del telefonino come se si fosse tramutato in materiale molle e stesse strabordando sulla mano viscido e informe. Non sto respirando ma non me ne accorgo. La gente sa stare in apnea senza saperlo per un tempo lunghissimo. Io, per lo meno, so farlo.

Tin. Leggi messaggio.

Non saremo allo stesso tavolo, ma ho visto il tuo nome in lista. Ci vediamo alla cena di Chanel.

Tin. Leggi messaggio.

Ti ricordo che lavoro per Vogue. Noi arriviamo ovunque.

Questa storia che lei sta sempre un passo avanti a me comincia a innervosirmi.

Non rispondo. Perché boh, non lo so. Perché sono un idiota.

Però, che cavolo! Non puoi tenermi così in pugno. A stento so chi sei! Ti ho appena incontrato, arrivi quando ti pare e ribalti tutti gli equilibri, non è corretto, dovrebbe esserci una sanzione per questo, una pena giuridica, dovrebbe essere vietato per legge. Vuoi far vedere che sei la più intraprendente, sveglia, potente e immanicata dei due? Okay, lo abbiamo capito, andiamo avanti ora? O deve essere un continuo rimarcare le posizioni di potere a chi ce l'ha più grosso? Lo devo già fare tutti i giorni, nel mio lavoro! Devo difendere la mia piccola posizione conquistata con le unghie e con i denti. Anche nelle relazioni interpersonali, no!

Tin. Leggi messaggio.

Non mi sarei mai fatta scappare l'occasione di passare la sera-

ta guardandoti da lontano mentre mostri a tutti quanto sai stare al mondo. E attendere quel bacio che mi hai promesso, subito dopo. Ciao, carino.

Avrei pagato per avere un filmato della mia faccia mentre leggevo questo sms. E avrei pagato di più per averti lì in quel momento e dirti semplicemente "wow".

Grazie per l'indiscussa capacità che hai di squarciare la realtà, di aprire il cielo, di ribaltarmi.

«Mi sto infilando in un guaio enorme.»

Lo dico al concierge dell'hotel che mi guarda con quell'espressione comprensiva che si riserva ai malati di mente o ai disturbati cronici.

Rientro, saluto tutti e chiamo l'autista.

«Presto, a Palazzo!» grido all'autista ridendo, investendolo con la mia euforia contagiosa.

«*You're the craziest client I ever had.*»

Sorride e parte.

Anche io sorrido. Sono già partito da un po'.

Passo quattro

Quattro passi fuori dalla doccia e mi ritrovo davanti allo specchio. Faccio tutto di corsa, anche se sono perfettamente in orario.

Forse mi illudo che così il tempo scorra più velocemente.

Sullo specchio, in basso a destra, un piccolo bottone accende e spegne gradatamente una lampadina alogena.

Come una falena attratta dalla luce, rapito dall'intermittenza, mi immergo in sentimenti contrastanti.

Sono felice credo, spaventato sicuramente.

Lo smoking blu mi calza a pennello. Il nodo lo faccio da solo, come tradizione impone.

Mi spruzzo un po' di profumo di Fabri. Non ne ho mai trovato uno che sia pienamente il mio. Lo cerco da anni, ma alcuni descrivono un aspetto del mio carattere, altri ci vanno vicini, ma nessuno è un riassunto efficace del casino che sono.

Lo troverò.

Forse è il tuo odore Marti, il profumo che cerco.

Sono pronto. Mi affaccio alla finestra e scorgo la berlina

nera che mi aspetta sotto casa, l'autista che fuma appoggiato al cofano.

Hanno cosparso l'abitacolo di lucette blu, credo che nella testa di qualche designer avanguardista questo faccia chic, ma il risultato è che pare di viaggiare dentro una lampada a raggi ultravioletti. Mi viene un po' di claustrofobia. Inclino la testa fuori dal finestrino. L'aria mi solletica piacevolmente il viso mentre la città scorre davanti ai miei occhi. Place Vendôme è una diapositiva in movimento con il suo perno verde intarsiato di una storia che non conosco, attorno al quale le macchine fanno lo slalom. Immagino Coco Chanel alla finestra della sua suite del Ritz, che da allora si chiama come lei, che osserva il frenetico susseguirsi di cambiamenti di questa piazza, l'incessante ricambio di diamanti che avviene nelle vetrine delle sue gioiellerie. Vorrei anche io una stanza che porta il mio nome, soprattutto mi piacerebbe vivere dentro un albergo. Gli alberghi mi mettono una surreale pace interiore: la simmetria delle camere, gli oggetti sempre uguali conservati negli armadi – che non ho mai capito che cosa ci devo fare con il ferro da stiro – la moquette con i suoi rumori attutiti e il servizio in camera che mi dà quella potente sensazione che in fondo potrei fare quello che mi pare nella vita, essere un grande bastardo e farmi odiare da tutti, ma ci sarà sempre qualcuno che mi porterà un club sandwich, anche se sono cattivo, anche se sono le due di notte. Sono queste sicurezze che cerco.

Quando arrivo al Palais de Tokyo, una folla urlante e disordinata lotta per conquistare la posizione migliore per scattare una foto o strappare un autografo.

I fan sono una categoria che mi ispira molta simpatia, ma che non ho mai pienamente compreso.

Io non sono mai stato fan di nessuno. Mi sono anche applicato parecchio, cercando per anni qualcuno che mi fosse di ispirazione, un faro nella notte, una meta, qualcuno a cui dedicare le mie energie di adolescente confuso.

Ho provato con le band musicali, spaziando dagli Iron Maiden ai Take That, ma senza risultati. E, visto che un fan che si rispetti conosce quanto meno le parole delle canzoni a memoria, mi ero persino attaccato dietro la porta della camera da letto un cartellone con tutti i loro testi.

Un'oretta al giorno di esercizio mnemonico… ma niente. Quando arrivava il momento topico, quello del concerto in cui avrei finalmente potuto "incontrare" i miei idoli, davanti ai quaranta euro necessari per il biglietto, desistevo. La mia passione sfrenata non valeva quei soldi.

Ero un fan da meno di quaranta euro. Forse da quindici.

Quindi, in sostanza, non ero un fan.

Forse è per questo che ho deciso di fare l'attore.

Visto che non ero un bravo fan, ho deciso di essere bravo con i fan, nel caso ci fossero stati.

Nella mia vita esistono soltanto il bianco e il nero. Il grigio non riesco a includerlo, né tantomeno cinquanta delle sue sfumature.

Quando girai la mia prima fiction ebbi un enorme successo personale. La Tv, la prima serata, il ruolo del ragazzetto fico di cui si innamora la protagonista, furbo ma con quella faccia da bravo ragazzo che ampliava la mia fascia di apprezzamento dalla preadoloscente entusiasta alla casalinga arrapata.

Come ci si poteva facilmente aspettare, arrivò il momento dell'autografo. Fui sverginato in questa nuova mansione da una ragazzina timida, con gli occhi un po' lucidi, dei fiocchetti in testa e una Smemoranda in mano.

«Sei bellissimo, mi fai un autografo?»

Il "sei bellissimo" di un fan è come un comune "ciao, come stai?", un intercalare dovuto e scontato, totalmente scevro di un giudizio autentico e reale. Te lo dicono comunque, anche se quel giorno hai tre herpes in bocca e sembri Loredana Lecciso quando si rifece le labbra a casa da sola.

«Grazie… volentieri, ma…»

Panico. Imbarazzo.

«Scusa, come si fa esattamente?»

I suoi occhi da sotto tutti quei fiocchetti mi guardarono con compassione. Il confronto fra la fan esperta e l'attore *almost famous* ebbe esito inaspettato.

Lei, che a sedici anni aveva già richiesto e ottenuto un migliaio di autografi, in un batter d'ali si trasformò in una donna navigata con l'aria da *poverinooratiaiutoio.*

Ci mettemmo a sedere su un gradino del centro commerciale Cinecittàdue, inscenando mio malgrado una rocambolesca inversione dei ruoli.

«Vedi» disse prendendo la Smemo, «io mi apposto qui fuori e, quando voi uscite per le pause, vi fermo. Ne becco almeno due o tre al giorno, ma mi devo tenere continuamente aggiornata perché diventate VIP con una rapidità sconvolgente. E io non voglio perdere il momento.»

«Okay… quindi tu di queste persone esattamente cosa ammiri?»

«Che hanno il coraggio di far vedere al mondo che ci sono. Magari per poco, i più non durano che una stagione, ma almeno in quella ci sono stati.»

«Oh, wow. Quanti anni hai detto che hai?»

«Sedici.»

«Sei sveglia per avere sedici anni.»

«No, sono sola.»

«Ah. Mi dispiace.»

«No, anzi, anche se non lo sai, tu mi fai sentire meno sola. Ecco, ora lo sai.»

È in quel momento che ho capito che fare l'attore, anche per cose stupide, anche in fiction popolari lontano anni luce dai progetti autoriali, poteva avere un suo senso.

Ho capito che i fan che ci seguono e i personaggi che rappresentiamo fanno entrambi parte di noi, siamo necessari l'uno per l'altro, come il buio e la luce, come l'ossigeno e l'anidride carbonica. Non ci sarebbe ragazzetto della fiction senza casalinga annoiata a sostenerlo, come non ci sarebbe mare se non si riversassero in esso i fiumi. Ma forse ora che ci penso è di più, va oltre il rapporto tra l'attore e il suo pubblico. È proprio una legge universale, di compenetrazione universale nella vita degli altri: siamo solo reazioni ad azioni, collegati da un filo sottile, tutti nella stessa...

Basta Franci, fermati. Perché devi vagare sempre, quando qualcuno ti dà il la...

«Cosa devo scrivere?» chiesi.

«Allora, qui in alto metti il mio nome.»

«Come ti chiami?»

«Manuela.»

«Bel nome.»

«Sì, bravo, questo lo devi dire sempre.»

«Vedi? Imparo in fretta!»

«Sì, hai un futuro, magari duri più di una stagione tu. Poi devi scrivere qualcosa come... "con affetto" o "un grande bacio", e poi sotto la tua firma. Fossi in te, ci metterei una stellina, come il tuo cognome. Francesco Stella e stellina finale. Funziona.»

«Okay. Però magari ora scrivo una frase un po' più articolata. Almeno per te che sei la prima.»

«Grazie, allora esprimo un desiderio! Lo faccio tutte le volte che mi capita di fare una cosa per la prima volta.»

«Sai che lo faccio anche io?»

«Mi dai il tuo numero di cellulare? Giuro che lo uso poco.»

«I miei agenti mi hanno detto che non devo darlo a nessuno. Però a te sì. Mi raccomando...»

«Ti giuro che ti scriverò solo buongiorno o buona notte.

Così nel tuo mondo so di esserci anche io, un pochino all'inizio e un pochino alla fine. Quindi sempre.»

Da quel giorno sono passati dieci anni, e Manuela non ha mai saltato un buongiorno.

Né una buona notte.

A Manuela, il mio primo buongiorno nel mio nuovo me. Con affetto, Francesco Stella.

E una stellina che si attacca alla A per sigillare il tutto.

L'autista arresta la corsa proprio davanti al Palais de Tokyo. Scendo dalla macchina appoggiando la mia scarpa di vernice lucida sul tappeto rosso. La gente urla e i flash impazzano.

Una signorina vestita di nero mi intercetta immediatamente e mi conduce passo dopo passo sulle varie X disegnate per terra, centri per il tiro al bersaglio dei fotografi.

La mia adrenalina sale esponenzialmente, mista a un soffocante senso di inadeguatezza.Vorrei qualcuno qui al mio fianco a cui bisbigliare qualcosa di inutile all'orecchio, solo per poter sentire il suo profumo e ancorarmi alla terra.

Quando mi capita di attraversare il red carpet con delle amiche – per lo più ho sempre pensato mi avessero invitato per sbaglio – ci sussurriamo delle grandi porcate. Mentre i fotografi urlano il nostro nome partono proposte sconce con un lessico morbosamente ricercato. Sono talmente volgari che non riesco nemmeno a scriverle. Ci ho provato, almeno tre volte, poi ho cancellato tutto. È il nostro gioco, ci serve per smorzare la tensione, farci venire belli, complici e sorridenti nelle foto, perché alludendo a qualcosa che in realtà non c'è, vendono di più. Fa parte del gioco, forse un po' falso, ma va bene così.

Ora invece vorrei Marti qui al mio fianco per bisbigliarle che la cena passerà in fretta e che l'appuntamento sotto il Pompidou è l'unica cosa che conta davvero.

I miei occhi la cercano istintivamente fra i bagliori accecanti e la schiera di mani che sventolano foglietti.

Entro nella sala, luci blu come l'interno della macchina. Sarà il colore di stagione.

Mi passa di fianco Amanda Lear, austera e un po' fredda. A chi le chiede di fare una foto dice di no, ma con garbo. A un tipo con le bretelle addirittura dice «tomorrow!» e ride, lasciandolo di sasso.

Al mio tavolo, Laetitia mi tranquillizza, sorridendomi con il viso incorniciato dalle sue creazioni.

Aspetto che tutte le donne si siano sedute prima di accomodarmi, che sono stato educato bene. Scruto nella sala.

Nulla. Forse non è venuta.

Mi siedo, e l'elegante signora al mio fianco, in un perfetto italiano e con un sublime snobbismo francese, mi chiede: «E tu chi sei?».

Eh, signora mia, vorrei tanto saperlo anche io, soprattutto cosa ci faccio qui!

Mentre sto per rispondere, Laetitia si introduce a gamba tesa: «Non dirmi, Isabel, che non lo hai riconosciuto? È un famoso attore italiano».

«Ma certo cara, volevo solo che me lo raccontasse lui.»

Credo non sappia minimamente chi sono. Me ne accorgo perché ogni volta, prima di farmi una domanda e scandire precisamente il mio nome come una cantilena polacca, scavalca con gli occhi la miriade di cristalli poggiati attorno al mio piatto, per controllare il mio nome sul cartellino segnaposto.

Per una fortunatissima coincidenza, Fabri è al mio stesso tavolo, di fianco alla sua amica Sofia Coppola. Mi sorride ammiccante mentre le spiega chi sono.

Chi sono... ma perché voi qui a 'sta festa lo sapete così bene?

Vi basta il titolino che avete stampato su quel cartellino?

Vi basta il tavolo giusto in cui siete stati inseriti?

Io che ne so. Sono chi vi pare che io sia. Poi quando un giorno lo scopro vengo a dirvelo.

Comunque, il problema non è questo.

Il problema è che adesso, in questo preciso momento, io ho bisogno di Marti.

Che forse me lo spiega lei chi sono, o magari ci arriviamo insieme.

Marti, dove sei?

Passo cinque

La parete di destra dell'Istituto Medico Legale di Parigi è tutta un vetro. Freddo, asettico, inanime. Vetrate ampie, inutilmente aperte su un mondo che tanto qui non può entrare.

Da ieri notte mi sento composto di materiale magmatico raffreddato, una crosta indurita di vuoto.

Seduta alla mia sinistra, dietro una triste scrivania, una triste signorina vestita di un triste grigio.

La tristezza traspare da ogni suo movimento, da ogni suo sospiro, da ogni battito di ciglia.

La sua è una tristezza rassegnata, inerme.

Penso che vorrei fare cambio con la sua vita, adesso.

Dove devo firmare?

Lo farei subito, se servisse a sollevarmi istantaneamente da questo stato catatonico, se quel subito prevedesse l'eliminazione immediata di questo mattone che mi preme sulla cassa toracica, di questo laccio emostatico stretto attorno alla trachea che rende ogni respiro un atto razionale. Niente è più naturale in questo corpo, devo decidere di vivere, a ogni singolo passo.

Se non mi concentrassi, forse potrei smettere di ingurgitare ossigeno, finirla così, accasciandomi sulla graniglia di marmo di questo corridoio anonimo.

Il groviglio di marmo del centrotavola accoglie candele color crema con un intreccio di doppie C.

Le peonie cercano spazio spingendosi tra loro.

Alcune, sfinite, sono accasciate a lambire i sottopiatti d'argento cifrati.

Alcuni dicono che i sottopiatti non si devono usare alle cene di gala.

Alcuni dicono che le rose non si regalano mai pari o dispari, ma semplicemente a dozzine.

Alcuni dicono che non si dice "piacere" quando ci si presenta, né "buon appetito" e neppure "salve".

Io ci ho fatto tutto il liceo con il mio "salve, prof" come passepartout.

Quando non so come comportarmi, mi attacco alle regoline, ai manuali di comportamento prestabiliti, la mia mente cerca rifugio nelle convenzioni.

Non voglio pensare adesso, non voglio nemmeno ipotizzare che alla fine a darmi buca sia stata tu, Marti.

Appoggio i gomiti sul tavolo, fregandomene ampiamente che qualcuno nel tavolo a fianco potrebbe sottolineare la mia maleducazione. Appoggio il mento sul palmo rovesciato, nella melodrammatica presa di coscienza della mia totale disfatta.

E proprio così, in questa rilassata e inelegante posizione, arrancando nelle dinamiche di una serata impegnativa, alzo lo sguardo e ti vedo.

E tu mi stai guardando.

Nei momenti speciali in cui vorrei mostrarmi al meglio sono ineludibilmente, immancabilmente, implacabilmente nella mia versione peggiore. Mi succede sempre. Già devo gridare al miracolo che questo pomeriggio non abbia registrato l'uscita di un brufolo in mezzo alla fronte impossibile da nascondere nemmeno con un ciuffo piastrato da emo, che normalmente è la costante dei miei momenti importanti.

Tu sei al tavolo numero 3. Io sono al 9. Sommati fanno 12, il mio numero.

È evidentemente di buon auspicio.

Evidentemente. La mia capacità di autoconvinzione di chiari ed evidenti segnali che l'Universo mi sta mandando in determinate situazioni sarebbe da studiare nelle università. Un esame dedicato: la legge del saper autoconvincersi del niente ma talmente bene che ci credi tanto tanto.

Alzi la tua flûte guardandomi in diagonale, con le labbra leggermente socchiuse.

«Sei bellissima, Marti.»

Spero che tu riesca a leggere il labiale.

Sorridi piano, delicata.

Forse hai capito. C'hai i superpoteri.

Mi piace che tu sia qui, che ci sei.

Che sei qui, in questa stanza, anche lontano, ma presente.

Osservo come parli, come muovi elegantemente le braccia. Ogni tanto inclini la testa, prendi una ciocca di capelli tra le mani e sorridi con gli occhi.

Mi alzo, vado in bagno.

Non ho alcun bisogno di andare in bagno.

Ovviamente.

Faccio la gincana attraverso i tavoli rotondi, disegnando sinuosamente l'ambiente.

Come un pastore porto a spasso un gregge di sentimenti contrastanti verso pascoli più verdi.

Mi avvicino con passi falsamente decisi, mentre il lembo estremo della tua organza si agita sul pavimento. Non è l'aria che sposto che lo muove, sei tu che mi saluti, vero Marti? Autoconvinzione, pensaci tu.

Ti sfioro la schiena, lì dove tocca l'oro barocco della sedia, azzardo.

Sono qui, ora. Me ne rendo conto solo adesso.

Tu, Marti, mi porti al concreto presente di me stesso.

Non ti volti né alzi lo sguardo. Non ne hai bisogno, lo sai che sono lì.

Inclini la testa, con i capelli da una parte, continuando a parlare con gli ospiti al tuo tavolo.

Non fai niente come le altre persone.

Mi saluti, semplicemente vibrando.

E io capisco tutto, codifico una lingua che non pensavo di sapere.

Mi basta. Mi basti.

Continuo verso il bagno e incrocio Amanda Lear. Sorrido istintivamente, tanto da costringerla a fare lo stesso.

E quanto è bella quando ride. Quanto siamo belli quando ridiamo.

Ridere è il più efficace intervento chirurgico al mondo. E anche il più economico.

Un affarone, insomma.

In bagno c'è Mark Jacobs.

Ha una gonna, penso che sia un kilt, ma sta bene, mi piace.

Ed è piuttosto comodo per pisciare. Me lo dice lui.

Next time me lo metto pure io Mark, okay?

Esco. Lei.

«Lo sapevo.»

«Cosa?»

«Che saresti venuta qui.»

«Ah, davvero?»

«No. L'ho solo sperato. Però tanto.»

«Stai bene con lo smoking, sembri quasi serio.»

«Stai bene con l'abito, sembri quasi gentile.»

«Io sono sempre gentile. Okay, non sempre, ma molto spesso.»

Pausa. Che belle le pause.

«Sono qui con Anastasia. È la mia boss. Devo starle un po' dietro. Però appena finito ci vediamo dove abbiamo detto, anche senza tramonto.»

«Okay, però il Pompidou è immenso. Dove ci vediamo esattamente?»

«Non lo so. Fai un giro. Quando trovi un posto che ti piace fermati e siediti. Lo farò anch'io. Magari il posto sarà lo stesso.»

«Una roba normale, chiara, semplice la fai mai?»

Pausa, un'altra. Sbatte le ciglia e se ne va, mentre tutto il suo strascico si agita dietro di lei.

Mark esce dal bagno.

«*You need a kilt.*»

«*I think you're right Mister.*»

«*Cool. Now zip your fly.*»

Scopro più tardi, con grande orgoglio personale, che vuol dire: «Chiudi la patta».

Sono uno sfigato.

Centre Pompidou. Notte.

Cammino in tondo, immerso nella luce arancione dei lampioni attorno al museo. Percorro tutto il perimetro due volte.

Venti minuti d'amore con un edificio di lamiere e tubi blu, non mi era mai capitato. Aspetto che il cielo si apra e mi indichi il punto giusto. Quale sarà il posto migliore, quello che Marti preferisce?

Eh, facile, non lo so. Non ne ho proprio idea.

Ma sono provvisto di un interruttore meraviglioso nella testa, quello dell'incoscienza.

Che forse è anche la più alta forma di intelligenza di cui sono dotato.

Ho fatto quasi ogni cosa per incoscienza. Compreso il mio lavoro.

È iniziato tutto perché mi sono messo in coda, senza chiedere nulla.

Ho visto una fila lunghissima che usciva dal cancello di uno studio televisivo e mi sono messo in coda. Semplicemente mi piaceva l'idea di stare con tutta quella gente strana, con uno scopo comune.

E ho aspettato sedici ore, sotto il sole, non sto scherzando.

Eravamo trentaduemila, mi dissero poi, e cercavano due attori.

E mi presero. Presero l'unico non attore di altri 31999 seri professionisti.

E la mia vita cambiò così in fretta che quasi non me ne resi conto.

E mi sembrò che fosse stata sempre così, anche prima.

Anzi, se ci ripenso, mi sembra che fosse "il prima" a non appartenermi veramente. Io ero stato disegnato per quel tipo di vita, per quella coda, per quelle attese.

Mi piace fare le file.

Si vedono le persone più diverse da un punto di vista privilegiato, quello della vicinanza.

Okay, Marti, non so qual è il tuo punto preferito e non posso fare niente per scoprirlo.

Mi siedo, dove piace a me.

E poi faccio fare alla vita, no? Lo hai detto tu che è più intelligente di noi.

Che se anche tu scegli quello, be', poi che vuoi fare?

Non vuoi baciarmi?

E quando ti ricapita di trovare uno che ama il tuo stesso spazio, che sceglie il tuo stesso luogo del cuore?

Così mi siedo nel retro del Pompidou, davanti alla saracinesca chiusa di un negozio di fiori. Poggiata sul gradino c'è una rosa bianca, abbandonato resto della giornata.

Cercavo un segno e l'ho vista lì, a indicarmi quel gradino.

L'ho preso come segno autorevole, autoconvincendomi ancora una volta che l'Universo avesse parlato. Mi siedo sicuro, giocherellando con la rosa un po' spanata, ma ancora bella. Aspettando che qualcuno venga a bussare alla porta della mia vita, augurandomi che sia la persona giusta.

Vorrei che fosse Marti quella persona. Ma mi potrei anche accontentare di Patty Pravo che mi canta *Il vento e le rose* mentre piango come un bambino lasciato solo.

Il massimo sarebbe Marti che mi bacia e Patty che canta di fianco a noi.

Venti minuti d'amore. Non di più, non sto chiedendo tanto.

Passo sei

Ho già fatto sei passi in questo corridoio asettico.

Sono stato bravo, sono ancora in piedi, sono ancora intero, credo.

Oggi è il 7 ottobre. Quindi il 6 è stato il tuo ultimo giorno.

Strano vero? Il 6 ottobre per me non è mai stato nulla. Nemmeno il numero 6 è mai stato nulla.

E ora è il mio punto zero, il mio avanti e dopo M.

Cosa succederà adesso? Cosa sono adesso?

Non mi sarei mai dovuto sedere su quel gradino, di notte, con una rosa bianca spanata.

Il quartiere Marais è stranamente silenzioso stanotte: poca gente e due taxi, li ho contati.

Seguo con lo sguardo un cagnetto libero che piscia sui tubi blu del Pompidou. Segna il suo territorio e poi felice sgambetta via. Mi fa sorridere il suo incedere trotterellante alle tre di notte, felice di aver pisciato su un museo.

È lui che mi porta da te, quando vi incrociate lontano, laggiù, dipinti dalla luce arancione.

Cammini leggera, troppo elegante per una strada di città.

Troppo elegante per qualsiasi posto sulla terra, in realtà.

Mi guardi.

Ti guardo. Ti avvicini sicura, mentre io rimango fermo sul gradino, con la mia rosa bianca. Spanata.

Ti siedi accanto a me, non dici nulla.

Non dico nulla.

Troppo eleganti per il gradino di un fiorista chiuso, guardiamo i piani alti del Centre Pompidou. In silenzio, zitti.

Poi ti volti, mi volto.

Mi guardi negli occhi.

Io pure.

Silenzio.

Insieme, coreografati da non so chi o cosa, avviciniamo le fronti, fino a sfiorarci. E restiamo così per un tempo imprecisato, appoggiati uno ai pensieri dell'altro.

La tua pelle morbida e sottile bacia la mia, mi sembra di poter leggere ogni tua sensazione, come se fluisse da un corpo all'altro, vasi comunicanti che si riempiono a vicenda di storie nuove.

Fai già parte di me, da prima che ti incontrassi, da prima che ti toccassi, da sempre.

Ora potrei morire. Sarebbe un momento perfetto.

Lo penso sempre quando arrivo a quegli apici strabordanti di sentimento.

Adesso sarebbe il momento perfetto per lasciare questo mondo.

Così, senza rimpianti, nell'estasi di un attimo di perfetta felicità.

E una ragione superiore ci muove, anche adesso, mentre rotoliamo uno sulla pelle dell'altro.

Ti annuso come un cane che fiuta la via di casa.

L'odore è sempre stato il mio senso preferito. Me lo immagino concreto, solido.

Pezzetti di te si staccano ed entrano dentro di me. Ti respiro, ti sento dentro. Come se ti mangiassi, ma senza farti male, senza esaurirti mai.

Il mio naso poi comincia a esplorarti, minuziosamente, con la perizia di Indiana Jones nella tomba del faraone, con il timore di perdermi dei dettagli preziosi, si inoltra nella morbidezza della tua pelle, scende le rapide degli zigomi pieni, indovina il profilo delicato e sinuoso della tua mascella, si inerpica sul monte inesplorato del tuo mento.

Dall'alto, con sguardo attento e occhi a fessura, le vedo. La terra promessa, la meta.

Scendo e risalgo la valle sopra il mento ed eccomi qui.

Aspetto fermo davanti alle tue labbra con gli occhi chiusi.

Anche i tuoi lo sono, lo sento.

Scambiamo atomi di noi, respirandoci a vicenda. L'ossigeno entra dalle bocche socchiuse di entrambi, una condivisione universale. Immobili, uno davanti all'altra.

Quell'attimo di te e di me e le labbra, in un secondo si confondono, come gocce d'acqua si attraggono, diventano una cosa sola.

E ci siamo solo noi, noi siamo il mondo.

Siamo un misero puntino di Universo immenso e allo stesso tempo, adesso, capaci di contenerlo tutto.

«Ciao, attoruncolo.»

«Ciao, stracciarola.»

Notte. Parigi. Noi. E una rosa bianca spanata fra le mani.

«Questa è per te.»

«Dove l'hai presa?»

«Era qui che aspettava.»

«Come me.»

Mi bacia di nuovo. Per due ore e mezza.

E io mi ricordo ogni minuto, ogni istante di quelle due ore e mezza.

Ognuno aveva una sua storia.

«Questa rosa è spanata. È bellissima.»
«Lo penso anche io.»
«Un petalo lo tieni tu però. Sempre.»
«Promesso. Lo metto nel portafoglio. Però si seccherà, temo.»
«Anche da secco terrà vivo il ricordo di questo momento.»
«Stiamo vivendo un momento grande, te ne rendi conto?»
«Sì.»
«Mi farai male?»
«Il più possibile» e ride.
«Domani parto, Marti, torno in Italia, devo lavorare.»
«Lo immaginavo. Va bene così, no?»
«Se magari hai un weekend libero e ti va di vedere Roma...»
«Affitta una vespa. Che quella cretina di Audrey mi ha rovinato la vita.»

Mentre percorro il corridoio asettico di questo ospedale parigino prendo il portafogli dalla tasca. E lì, fra la carta di credito e il codice fiscale, trovo quel petalo. La mia immagine sbiadita compare riflessa nel vetro di un quadro e per un istante mi guardo da fuori, come lo faresti tu.
«Buona notte, attoruncolo» sussurro. «Grazie.»

Passo sette

«Sono nata il 7 aprile. Ariete, tenace e testarda.»

Ognuno ha la sua guida spirituale, no?

La mia è nata il 7 aprile, si chiama Simona, ha due figlie, le unghie finte perfettamente laccate, e cura le persone mettendogli una mano sulla testa.

La prima volta che la vidi fu nel suo studio. Accompagnavo un amico dei miei genitori malato di tumore ai polmoni. Lei aspirava con immenso piacere la sua sigaretta appoggiata alle labbra con trucco permanente.

Era il contrario di tutto quello che mi ero immaginato potesse essere una guru.

Forse proprio per questo è diventata la mia.

«Ti stavo aspettando da un po', sai.»

«Signora, credo che si sia confusa, credo che non ci siamo mai incrociati prima.»

«Seee, figurati. E comunque non mi sbaglio mai.»

Simona ha la fila di gente fuori dallo studio dalle quattro del mattino. Cura le malattie più svariate, dai semplici mal di schiena ai tumori più avanzati. Io non avevo nulla di grave. Perdevo un po' i capelli e soffrivo di coliti saltuarie.

«Devo dirle che sono un po' in imbarazzo. Qui la gente sta male seriamente e io...»

«Per cominciare dammi del tu. Mi chiamo Simona, signora ci chiami tua madre. Secondo: non esistono problemi gravi e problemi non gravi. Per ognuno di noi il suo problema è il problema. Quindi per me tu sei uguale a quello che viene dopo con la leucemia.»

«Sì, però io non ci muoio.»

«Nemmeno quello dopo di te.»

Spiazzato. Simona mi ha sempre spiazzato. Mi ha sempre dato la risposta che non mi aspettavo.

Come quando ha curato mia madre da una malattia degenerativa che i medici dicevano senza possibilità di cura. Grazie a lei ho imparato che la ragione arriva fino a un certo punto. Poi devi lasciare perdere.

Non vuol dire fregarsene, solo accettare che siamo tanto piccoli e limitati, anche se è la cosa più difficile da fare su questa terra.

«Allora, Simo? Che ne dici di questa ragazza? Ti piace?» le chiesi.

«Sì, Fra, ma non sarà per sempre. Anzi sì.»

Mi ritornano in mente queste parole, adesso, camminando a testa bassa con le lacrime pronte a uscire.

Mi dicevi spesso: «Franci, guarda che ti avverto, io punto al per sempre».

«Finché ti sopporto, Marti.»

Ridevamo molto.

E tu, in un modo o nell'altro ce l'hai fatta. Ti sei trasformata nel "per sempre". Ti sei presa il posto che volevi, senza chiedere il permesso, ti sei incastonata indelebile nelle pieghe della mia vita.

Hai sempre deciso tutto tu.

Atterro questo venerdì a Roma, mi avevi scritto nel messaggio e io sapevo che avevi già in mente un piano, che quelle parole erano solo un prologo di ciò che avevi escogitato.

«Wow. Stupendo, ma io ho un compleanno a Firenze.»

«Okay. Mi raccogli in macchina e andiamo.»

Decidi sempre tutto tu.

E mi piace.

Fiumicino è sempre un casino. Le persone corrono impazzite prese dall'ansia di arrivare in ritardo.

Sotto il giubbetto di jeans nascondo un cartello.

Lo so è stupido e mi vergogno un po', ma il tuo primo sbarco capitolino andava celebrato in qualche maniera, no?

MARTI COMI in STELLA.

Ce l'hai ancora, attaccato alla parete della tua camera, sulla destra del letto, vicino alla foto di quella modella di settant'anni con cui avevi scattato un servizio e che ti voleva bene, dicevi.

Mi fece sorridere vederlo appeso, incorniciato con cura, la prima volta che venni a trovarti.

Ti riconosco subito in mezzo al brulicare di gente. Ti vedo con il tuo sorriso e il borsone a mano, che il trolley non fa stile, dicevi.

«Benvenuta a Roma.»

«Saranno quindici minuti pazzeschi. Quando ripartiamo?»

«Subito, ho la macchina fuori, rigorosamente in divieto, doppia fila e quattro frecce. Come piace a me.»

«Scemo. Andiamo?»

L'auto scivola silenziosa sull'asfalto. La conduco dolcemente lungo le sinuose stradine toscane.

Niente autostrada, ci godiamo la dolcezza delle colline.

Ridi e mi guardi, ma non sento alcun rumore. Ho in testa solo John Mayer e Ben Harper, *Waiting on the world to change*, e i riflessi caldi del tramonto che giocano con i tuoi capelli scompigliati dal vento.

Con quel fare disinvolto posi la mano sulla mia, stretta sul cambio.

E io la lascio lì, anche se ho il cambio automatico, anche se è un po' scomoda come posizione. La lascerei lì per sempre, anzi ci farei un calco in gesso, le nostre due mani che si contengono, si sostengono.

Sto diventando sdolcinato da far schifo, colo melassa da tutti i pori. Me ne rendo conto e mi scappa da ridere.

Dov'è lo stronzetto a cui bastava un sorrisetto, un occhiolino e un "ti chiamo io"?

Dov'è il distributore instancabile di numeretti, quello che "un limone non si rifiuta a nessuno", il "prima di tutto c'è il mio lavoro poi se ne parla"?

Adoro il modo in cui mi dimostri di voler stare con me, senza avere bisogno di me. Conservando una tua autonomia.

La storia della metà della mela mi è sempre stata sulle palle: 'sta cosa che da quando siamo nati dobbiamo essere spaccati e incompleti alla ricerca del pezzo mancante. No, io sono una mela intera.

Però con te diventiamo due belle mele, che nel portafrutta della vita una da sola fa tristezza.

Firenze ci accoglie superba per la sua bellezza.

Per fare bella figura con Marti ho preso un alberghetto davanti al Duomo, poche stanze e una finestra che incornicia i marmi della facciata laterale. Se tirassi un asse da qui alla bifora di fronte potrei entrare direttamente in chiesa.

«Ti ho portato un regalo.»

«Davvero, Marti?»

«Sì, tieni. È una sciocchezza, ma ti ho pensato. E mi ha stupito comunque pensarti. Quindi ho capito che era il caso di comprarlo.»

Il pacchetto è confezionato con una cura maniacale. Si vede che lavora nella moda. Materiali e accostamenti rivelano una ricerca minuziosa, e il molto tempo impiegato per confezionarlo.

Sorrido di nascosto e penso che le piaccio davvero. Se no non perdi tutto 'sto tempo per un pacchettino!

«È talmente bello che quasi mi dispiace aprirlo.»

«Pochi se ne accorgono. Mi impegno molto nel fare i pacchetti. Ho scatole e scatole di carte, nastri, fili di paglia, borchie, nastri adesivi improbabili. Mi dà l'idea che rendano il regalo davvero mio.»

«Sono d'accordo, è come un rito. E noi abbiamo bisogno di rituali, fanno diventare concrete le esperienze.»

«Questa come ti è uscita? È esattamente così.»

Scarto con cura. Mi segue con gli occhi, ogni movimento, ogni gesto della mano.

Marti mi ha regalato una cuffia per la doccia con la faccia di un bamboccetto giapponese stampata sopra.

«Te l'ho regalata perché non serve a nulla. Non mi piace che ci debba essere sempre un'utilità. Le cose più inutili sono preziose perché non hanno nessun fine se non esistere. Ed è quello che ci dimentichiamo spesso di fare.»

Prendo il suo viso tra le mie mani, come fosse una sorsata di acqua fresca da bere tutta d'un fiato.

«Sei strana tu, e questo mi piace. Sei strana nel senso di speciale.»

«Senti stranetto, cambiati che siamo già in ritardo.»

«Stasera mi ricorderò di esistere il più possibile. Se mi scordo però tu dammi un pizzico.»

E mi sistemi il papillon.

Quel momento ce l'ho in testa come fosse adesso. Mentre mi alzi il colletto e dici «lascia fare», sento che ti stai prendendo cura di me. E sono felice.

Il mio amico Fabio per i suoi quarant'anni ha fatto le cose in grande.

Il palazzo affacciato sull'Arno è illuminato solo da candele. Pareti di peonie rosa e bordeaux conducono all'entrata principale.

Saliamo lo scalone elicoidale e in cima troviamo il festeggiato con la famiglia ad accogliere gli ospiti.

«Benvenuti, cari.»

«Ciao, Fabio, grazie. Qui è tutto davvero... grande!»

«Li compio solo una volta del resto.»

«Lei è Marti.»

«Potevi dirmelo che ti eri fidanzato!»

«Ma no, Marti è solo...»

Lei mi interrompe. «Un'amica? Tua sorella. Sì, pensiamo di andare a vivere presto insieme, così senza pensarci troppo. L'anima gemella la incontri solo una volta, del resto.»

Mi lascia basito. Fabio scoppia a ridere.

«Mi piaci già, lo sai? Benvenuta in famiglia.»

Al tavolo rotondo mi siedo ancora sotto shock, con un sorriso da ebete stampato in faccia.

«Tranquillo, l'ho detto solo per scioccare. Tanto è quello che voleva sentirsi dire» mi sussurra Marti.

«Sei un genio. Punto. Un genio.»

Sui segnaposti ci sono i nostri nomi stampati. Li fotografo, sono i primi segni tangibili dell'esistenza di un "noi".

Li ho ancora sul mio comodino.

I rituali del resto servono a concretizzare le esperienze.

Mi pare l'abbia detto qualcuno di molto intelligente.

Passo otto

«Ma cosa fai?»

«Dammi una mano, che sono troppo alti.»

Hai deciso che non te ne saresti andata via dalla festa senza un mazzo di peonie.

Ne prendi otto. Quattro bordeaux e quattro rosa.

«Sono il mio fiore preferito, e qui le buttano via.»

«Comunque questo si chiama rubare.»

«Assolutamente no! Io sto dando loro una seconda opportunità!»

«No, le stai rubando, Marti.»

«Qui finirebbero nei rifiuti entro domani mattina. Io sto regalando una seconda chance, per mostrare la loro bellezza, che poi è lo scopo della loro esistenza. Sono una benefattrice, altroché ladra! Impara a guardare le cose dalla giusta prospettiva, non dal tuo punto di vista preconfezionato.»

«Non dovrebbero essere dispari, o meglio ancora una dozzina?»

«Magari sì. Ma io ne volevo otto. E comunque non ci riesci proprio a uscire dagli schemi, eh Franci?»

Ti guardo mentre saltelli su ponte Vecchio, ti volti e controlli che sia ancora lì.

Sei un quadro di Degas, adesso. Indissolubile nei tuoi contorni indefiniti, sfocati dalla notte, con il tuo abito azzurro, che in realtà – mi spieghi – è indaco, ma io non so quale sia la differenza, che accompagna armonico il muoversi ondeggiante del tuo corpo sinuoso, il tuo mazzo di peonie nella mano destra che ogni tanto ci affondi la faccia e respiri forte.

«Voltati adesso, Marti, fermati lì, vicino a quel lampione.»

Quella foto è ancora qui, con me, nel portafoglio. La nostra prima serata insieme. La stessa in cui mi hai detto che ero la tua anima gemella, che saremmo andati a convivere e che volevi due o tre figli. Lo so, era una battuta.

Ma io ho una memoria selettiva.

E ho selezionato solo la parte in cui l'hai detto, non quella in cui dicevi che era uno scherzo.

Adesso vorrei stringerti forte e sentire che ci sei. Credo ci sia una canzone che dice così, la canticchio nella mia testa.

Non mi ricordo nemmeno che canzone sia.

Però è arrivata, autonoma e indipendente, libera.

Prendo la tua foto dal portafoglio, quella con le peonie e il vestito azzurro. La stringo forte al cuore e sento che ci sei.

Ci vorrebbe un miracolo adesso. O qualcuno che mi svegli da questo incubo.

O le telecamere di scherzi a parte.

Ma in quel caso non la prenderei tanto bene e picchierei il conduttore, autori e tecnici in diretta.

Forte.

«Vedi? Guarda come cambia l'energia della stanza! Basta un mazzo di fiori. Cambia tutto, lo vedi anche tu, vero?»

Mentre sistemi il tuo furto floreale o la tua seconda opportunità concessa a quel mazzetto, appoggio le mie mani sui tuoi fianchi.

Mi avvicino, il mio corpo tocca il tuo. La bocca ti sfiora la pelle, dal collo sale fino al complicato disegno del tuo orecchio. Sussurro.

«Voglio fare l'amore con te.»

«Ci siamo appena conosciuti.»

«Ma io sono la tua anima gemella, lo hai detto tu. E dobbiamo fare tre figli.»

«Questo lo hai detto tu.»

Appoggi la testa all'indietro, sul mio petto che ti accoglie, poi la giri verso di me, delicatamente.

La torsione fluida del busto ci riporta a guardarci, viso contro viso.

Ti bacio, con la mano che accarezza la linea della tua mascella e scivola fino all'orecchio, le dita scompaiono nei tuoi capelli.

Tutto avviene così, senza aspettare, senza farsi delle domande, senza giusto o sbagliato, come deve essere.

Senza giudizio alcuno.

Senza te, senza me, senza tempo, senza regole.

E diventiamo una cosa sola, uniti, entriamo nella dimensione dell'altro, ci infiliamo nei reciproci respiri.

Qualche volta ci fermiamo, ridiamo di un capello finito in bocca. E te li tolgo dalla fronte che voglio vederti in faccia, adesso. Che non sei più un'impressione di Degas, ma una pennellata precisa e perfetta che sa di vero.

E poi ancora, di impeto, con forza, stringo le mie mani attorno alle tue cosce morbide, con le tue unghie sulla schiena, sudati.

Fino a... boh, non lo so. Non so come definirlo. Il mondo scompare, come quell'effetto dei film che sfoca tutte le cose lontane, inquadrando il dettaglio.

Il dettaglio siamo noi, sempre di più, sempre più in primo piano, sempre più definiti.

Insieme diventiamo uno solo, in un attimo liberatorio e fortissimo, in un moto universale. Siamo l'origine e la fine, la chiusura del cerchio, la risposta alla domanda.

Insieme perdiamo il respiro, insieme, sospesi in apnea, insieme.

Silenzio. Liberi. Lascia tutto quello che sai, non pensare. Adesso no.

Ti abbandoni sul mio corpo, ogni muscolo lascia spazio alla morbidezza.

Il tuo viso sul mio petto, lo guardo da questa prospettiva, come un immenso panorama dopo aver scalato la vetta.

I capelli, come torrenti di montagna, si spargono sulla mia pelle umida.

Sento il tuo peso, mi sembra che tu ti stia fondendo sopra di me.

«Guarda, quanto siamo belli...»

Lo dico piano, quasi sussurrato, osservando il nostro riflesso nello specchio dalla parte opposta della stanza, come se il rumore potesse dissolvere la perfezione di quel dipinto.

«Non so se siamo anime gemelle. Ma sicuramente corpi gemelli... Ci incastriamo alla perfezione.»

«Sì, tipo Lego. Sembra un Caravaggio con questa luce così drammatica.»

«Oggi è la giornata dell'arte. Sei stata già un sacco di pittori e movimenti artistici.»

Ti accarezzo la testa, tu chiudi gli occhi.

Respiri calma, respiro calmo.

«Senti che bella voce viene dopo aver fatto l'amore?»

«Hai ragione, viene dalla pancia.»

«Vorrei fare l'amore prima di ogni provino. Li supererei tutti!»

«Quanti provini fai alla settimana?»
«Almeno tre al giorno.»
«Ahah. Sei un cretinetti!»
«Sì. Però un cretinetti simpatico...»
«Okay, lo ammetto. Sei un cretinetti simpatico.»
Le peonie ci guardano dal tavolino al lato del letto.
Il Duomo di Firenze ci spia dalla finestra.
«Sai che pensavo una cosa, Fra? Non so perché prima ho detto quella frase.»
«Ah, non lo so neanche io. Però mi ha fatto un po' piacere.»
«Tendenzialmente io non vorrei una storia in questo momento...»
«Nemmeno io.»
«Però...»
«Però?»
«Non so. Io su noi due, quasi quasi ci scommetto.»
Lo dice con la purezza di una bambina, con la coda dell'occhio a spiare ogni possibile reazione.
«Mi sa che ci scommetto anche io Marti. E non credevo di poter dire questa frase.»
La bacio.
Mi bacia.
Spengo la luce allungando il braccio. E restiamo abbracciati così, sotto le coperte, mentre il mondo là fuori dorme, incredibilmente ignaro che in un alberghetto del centro di Firenze, affacciato sui marmi del Duomo, accanto a un mazzo di otto peonie, è appena accaduto un miracolo.
Sono innamorato.

Passo nove

Mi passa accanto una signora con occhiali scuri, un cappotto color cammello e un foulard beige in testa.

In braccio, un barboncino color champagne. Lo stringe forte a sé.

Per quanto completamente immerso nel mio dramma, mi dissocio per un istante e mi butto nel suo.

In un attimo, senza alcuna spiegazione logica, conosco tutta la sua storia: ha appena perso il marito, non hanno figli.

In realtà era rimasta incinta da giovane, ma aveva abortito per la carriera, il timing sbagliato, la debolezza fisica e una marea di altre scuse che ancora oggi si ripete. Non se l'è mai perdonato.

Ora quella mancanza è struggente, senza speranza. Quella mancanza è tutto.

Ha riversato il suo amore sugli animali, come poteva, un travaso di sentimento materno sul destinatario sbagliato.

Chiama il suo cane "il mio bambino", lo fa in francese, che non so come si dice e ancor di più non so perché l'ho capito.

Le dita laccate di rosso affondano nel pelo compatto. Stringe quel pezzo di amore che le rimane.

In famiglia siamo cinque fratelli. Mia madre ha sempre riversato il suo amore su di noi. Ma, nonostante tutto, negli anni abbiamo tirato su un piccolo zoo.

Abbiamo però sempre avuto problemi di fantasia in famiglia. Soprattutto con i nomi.

Le due tartarughe si chiamavano rispettivamente Tarta e Ruga. Poi c'erano Coco e Rita, Cri e Ceto, Pesce e Rosso. Il mio cane, che mi regalarono solo in seguito a una lunga serie di scene isteriche, – abbaiavo per giorni senza proferire parola come segno di protesta – si chiamava Pauline, Paolina, come mia madre, Paola, ma che in francese suonava meglio. Quando lo abbiamo preso, in realtà, aveva già questo nome scritto sul pedigree e abbiamo capito che nemmeno la vita ci permetteva grandi slanci di fantasia. Alla famiglia animalesca si sarebbero poi uniti anche Napoleon (coniglio), Missy (gatto), Chicca (altro cane), Babe (papera).

Ho sempre avuto un legame molto stretto con i miei animali, quasi simbiotico. Ci parlavo per ore convinto di interpretare i loro versi come chiare risposte. A Pauline avevo insegnato anche a saltare giù dall'armadio come fosse un trampolino e ad attaccare a comando. Praticamente lo avevo addestrato come un barboncino da combattimento. Del resto, negli anni della protesta per avere un cane, avevo esplicitamente chiesto un alano. Mi regalarono lei, tanto da cuccioli non si capisce la razza e quando te ne rendi conto ormai sei affezionato (questo il ragionamento dei miei), e che fai? Lo riporti indietro?

Io ovviamente ci cascai. Credo sempre a tutto, il re dei boccaloni. Quando fu lampante che quei riccioli puzzavano di fregatura, non mi rimase altro da fare che addestrarla al combattimento. La parola magica era "taccatacca Pauline" e quel tenero batuffolino bianco digrignava i denti e si scagliava mordente alle caviglie della gente, peggio che un dobermann. Ne andavo molto fiero.

Negli anni, alcuni di questi animali morirono, com'è naturale che sia. In uno in particolare, il mio piccolo zoo fu decimato. Una moria generale e, come la peggiore delle epidemie, fu celata con omertà dai media (*leggi*: i miei genitori).

Coco e Rita scapparono o morirono. Non l'ho mai saputo con certezza. Anche oggi questo è uno dei tabù della mia famiglia, non se ne parla e non si affronta l'argomento. Sta di fatto che tornai da scuola e la gabbia era vuota. Disperato, chiesi a mia madre cosa fosse successo.

«Ma no, Franci, cosa pensi! Sono dentro la casetta di legno, stanno facendo le uova! Tu mi raccomando non avvicinarti troppo e non disturbarli che se no non le fanno.»

Oh, che bella notizia. Il mistero della nascita a portata di mano.

Guardavo la gabbietta a distanza, in silenzio, rispettoso del meraviglioso ciclo della vita.

Due giorni dopo, Coco e Rita rispuntarono fuori dalla casetta di legno, ma erano di colore completamente diverso, e, per quanto di debole memoria, erano passati solo due giorni dall'ultima volta che li avevo visti. All'interno della casetta di legno, appositamente acquistata per favorire l'accoppiamento, nemmeno l'ombra di un uovo, di un guscio rotto, dei tanto attesi piccoli miracoli del meraviglioso ciclo dell'esistenza. Niente.

Io, perplesso, stavo lì davanti alla gabbietta.

«Fra, devi sapere che quando gli uccelli fanno le uova cambiano colore!»

Mia madre si era preparata la balla durante la notte, senza troppo impegno.

In tutta la città non erano stati in grado di trovare due uccellini uguali e avevano preso il meglio che offriva il mercato. Chiunque avrebbe pensato che qualcosa non quadrava, avrebbe fatto una minima obiezione alla storia, almeno la richiesta di un chiarimento. Io no. Io ci credetti, senza dubbio alcuno, fieramente idiota. La mia indagine ricostruttiva dei fatti appena avvenuti si concluse con un: «Ah sì?».

Il susseguirsi di delitti in quei mesi avrebbe fornito valide trame anche al più sprovveduto degli sceneggiatori. Cri staccò a morsi la testa a Ceto e dal quel momento i criceti furono banditi per sempre da casa, animali del demonio, declassati come topi assassini. Pesce e Rosso si suicidarono divorando tutto il mangime cascato per sbaglio a mio fratello nell'acquario, fino a scoppiare. Una morte che ho per altro molto ammirato e che nei sogni adolescenziali di suicidio immaginavo attuata da me con gelato ai gusti bacio e panna montata.

Tarta e Ruga restano un grande mistero, boh, scomparse nel prato, qualcuno dice che scavano tunnel sotterranei, anche se nemmeno i tunnel vennero mai rinvenuti.

A una festa di paese invece "arrivò" Napoleon.

Lo vinsi a quel gioco in cui ognuno sceglie di puntare su una delle casette di legno che compongono una specie di piccola arena, all'interno della quale viene liberato un coniglio.

E Napoleon scelse la mia casetta, quindi me.

Raramente mi è capitato di essere scelto in modo così sicuro e veloce, senza alcuna esitazione.

Napoleon e Marti, nessun altro.

Scoppiavo di gioia mentre accarezzavo il mio piccolo coniglio nano, seduto nel sedile posteriore della macchina del mio babbo mentre tornavamo a casa. Uniti per sempre, ne ero sicuro.

Napoleon è stato un coniglio nano per circa quattro giorni.

Poi, non so se per una sorta di gigantismo genetico o più probabilmente per la dieta che mia madre gli sottoponeva, cominciò a crescere a dismisura.

Una bestia enorme.

Il problema non erano tanto le dimensioni fuori dalla media, né la difficoltà nel reperire gabbie della grandezza adatta a contenerlo, ma la quantità di "ricordini" che lasciava per il giardino e spesso anche in casa.

"Ricordini", sì, la mamma li chiamava così.

Mai capito perché.

Io vorrei ricordare quel musetto bianco tenerone e quelle orecchiette lunghe lunghe e morbide.

Invece pare evidente che debba avere solo ricordi di merda.

La situazione si fece presto ingestibile.

I miei, vedendo il mio amore direttamente proporzionale alle dimensioni di Napoleon, mi proposero un patto.

Andammo da un contadino, poco fuori la mia cittadina di provincia, e affittammo un piccolo appezzamento di terreno in modo che potesse scorrazzare liberamente. Mi promisero solennemente che mi avrebbero portato a visitarlo con regolarità, almeno una volta a settimana. In casi di estrema nostalgia, anche due.

Accettai. Non avevo alternativa.

La settimana dopo, mi preparai, indossando il mio gilet preferito di scamosciato marrone e il mio cappello da cowboy, nonostante fosse maggio e del carnevale non si sentivano nemmeno più gli echi antichi.

Vado a trovare Napoleon, voglio essere al meglio.

Arrivai al cancello color ruggine ed entrammo nel vialone alberato con la macchina. Unico obiettivo: spupazzarmelo e abbracciarlo quanto più possibile.

Il suo recinto: vuoto.

La mia testa anche. Nessuna spiegazione possibile, nemmeno un'opzione plausibile.

«Si sentiva troppo solo, l'ho messo con gli altri!»

Che splendida idea, penso, *bravo, signor contadino!*

Mi avvicino alla gabbia con gli altri conigli per salutarlo. Sono tutti un po' ammassati e non riesco a riconoscerlo. Controllo bene, spostandone alcuni, ricercandolo in quel groviglio di orecchie.

Nessuno aveva lo stesso colore di Napoleon, nemmeno per sbaglio.

«Ha cambiato colore, i conigli lo fanno spesso.»

E due! Quella storia l'avevo sentita da qualche parte…

Il signor contadino mi guardò sicuro di sé, talmente sicuro che ci credetti e dimostrai a me in primo luogo, ma anche al mondo intero, che l'acutezza di pensiero non faceva proprio parte delle mie doti.

Me ne andai quasi sollevato della nuova vita cromo-sociale di Napoleon pensando che, in fondo, era giusto così, finalmente felice fra i suoi simili.

Ma non potevo mentire a me stesso, dentro lo sapevo. Napoleon non poteva cambiare colore, non era una cocorita qualunque e anche con il colore diverso lo avrei riconosciuto. Lo avevo tenuto fra le mie braccia, respirato fino in fondo. E soprattutto lui mi aveva scelto. Mi avrebbe scelto anche in quella gabbia, anche in mezzo agli altri conigli.

Nel tragitto gabbia-automobile, passai davanti a un tavolone da macellaio sporco di sangue con una mannaia conficcata dalla parte della punta e accanto il collarino rosso con il nome del mio coniglio inciso sopra. Sporco di sangue anche quello.

Sono in analisi da dieci anni, più o meno.

Da tutte queste morti improvvise e disperate, però, ho capito che le persone possono essere di due tipologie: cocorite o conigli.

A un certo punto entrano nella gabbietta della loro intimità per due giorni e poi ricompaiono di un altro colore.

A volte il colore è più bello, a volte proprio non ti corrisponde.

A volte le persone muoiono anche da vive e non le riconosci più.

A volte capisci che quella che pensavi fosse la tua cocorita, purtroppo non tornerà mai più, che il cambiamento è stato tanto drastico e sconvolgente da non c'entrare più nulla con te, la devi lasciare andare.

Oppure le persone ti scelgono d'istinto e per quanto possano cambiare continueranno a sceglierti, giorno dopo giorno.

Ecco Marti, tu sei quel coniglio che mi ha scelto senza esitazione.

Sei quell'istinto che conduce dritto dritto alla casetta della mia vita, passando tutto il dolore, la fatica, la gioia, tutte le arene e le fiere di paese, tutti i contadini macellai e i cambiamenti di colore. Sei diversa, ma sempre fedele a te stessa, alla tua scelta irrazionale.

E io non ti ho scelto a caso Marti, lo so.

Ma ora tutto questo come lo affronto?

Quella casetta alla fiera di paese, improvvisamente vuota.

Quel bambino, occhi persi in quella desolata assenza.

Non c'è nemmeno qui mio padre a mettermi una mano sulla spalla, a dirmi che va tutto bene.

Perché non va bene niente, adesso.

Dov'è il mio coniglio?

Passo dieci

La mano nella tasca, istintiva e autonoma. Voglio chiamare mio padre, devo farlo, chiamo sempre lui nei momenti difficili, perché non l'ho fatto subito?

La lista di chiamate S.O.S. che gli ho fatto negli anni potrebbe diventare un film comico dei Monty Python. La migliore in assoluto rimane sicuramente quella di due anni fa: Roma, a casa da solo, febbre alta. Da single ci si cura da soli, come si può. Inoltre, detesto stare male e, ancora di più, le persone che, vedendomi stare male, si sentono in obbligo di aiutarmi.

Io, da malato, mi isolo.

Con la febbre alta il tempo sembra scorrere più lentamente del solito, costringendomi a un'immobilità a cui non sono proprio abituato.

Tutto questo preambolo sulla mia condizione di salute solo per sottolineare che non ero nel pieno delle mie capacità psicofisiche. Giustificazione non richiesta, lo so, lo so…

Comunque, nel delirante ciondolare fra la cucina e la camera da letto, afferro il mio computer perché *magari un po' di YouTube fa passare prima questa giornata.*

Fra i vari video suggeriti dalla mente suprema chiamata Internet compare lui, a bordo schermata, in basso a destra. Le dimensioni non permettono una chiara visione, ma noto un ragazzo, biondino – come me – con una maglietta con la scritta "Abercrombie & Fitch" grigia, proprio come la mia. Oddio, ma sono io! Del resto, sono l'unico al mondo a essere biondo e a indossare una delle magliette più vendute del pianeta, no?

Clicco sul video, l'immagine è a bassa risoluzione oppure la febbre mi ha abbassato di ulteriori due o tre diottrie la vista.

Il biondino, che sicuramente sono io, indossa la maglietta per altri tre o quattro secondi. Dopodiché la sfila e, con grande naturalezza, si getta nel bel mezzo di un'orgia. Ci mancavano solo una giraffa e una nana, il resto c'era tutto.

Un pensiero chiaro, lucido e preciso: ho fatto un film porno e non me lo ricordo.

Secondo pensiero: mi hanno drogato, sicuro, con quelle droghe che ti mettono nel bicchiere, che te lo dice sempre tua madre di non bere dai drink degli altri, mai e poi mai farteli offrire.

Terzo pensiero: chiamo mio padre, ancora di salvezza della mia vita, quello che ha sempre la soluzione.

«Babbo, ciao, scusa ho un problema.»

«Dimmi, Franci.»

Sento che respira calibrato. Ormai si aspetta di tutto.

«Ho fatto un film porno. Non me lo ricordo bene. Mi hanno drogato il drink!»

Un padre normale avrebbe esclamato un comunissimo "cosa stai dicendo?" o un già più approfondito "ma ne sei certo?".

Mio padre no. Mio padre è l'uomo delle soluzioni.

«Chiamo gli avvocati.»

Io quella risposta ce l'ho sempre lì, nella testa. Mi ha creduto, non mi ha giudicato, ha cercato la soluzione pratica. È sempre stato il mio mito.

Ora ho bisogno di quella risposta come non mai. Dove sono gli avvocati? Babbo, ti chiamo, ho un problema. Questa volta serio.

La mano si insinua nel taglio del tessuto, rovista come un cane randagio nei rifiuti di un ristorante.

Non trovo il cellulare. Non c'è.

Ah, cazzo, che idiota, me l'hanno rubato alla stazione.

Come se la situazione non fosse già abbastanza tragica di suo.

Via tutto, i numeri, gli appuntamenti, la mia abitudine di starci sopra delle ore e... le nostre foto, Marti, cazzo, le nostre foto. Ho perso le nostre foto, un attimo prima di perdere te. La vita si sta prendendo tutto, te, me, i nostri ricordi, ti sta violentemente cancellando. Chi mi ridarà quei momenti?

Alla stazione di Termini c'è il consueto casino. Qui è sempre Ferragosto o Natale, ogni giorno dell'anno.

Ho appoggiato a terra il mio borsone della palestra grigio-cobalto-profilato-canna di fucile-marca Prada (come risulta nel verbale della denuncia), il tempo di abbracciarti forte, dirti che ti raggiungevo dopo due giorni e che quei due giorni mi parevano un infinito incolmabile, tuffarmi nella dolcezza sconfinata delle tue fossette, distrarmi un secondo e notare con la coda dell'occhio una ragazza chinarsi e fingere di allacciarsi le scarpe. Dieci secondi, nemmeno.

In dieci secondi fai davvero poco.

In dieci secondi non riesco nemmeno a comporre un numero di telefono che conosco a memoria.

In dieci secondi non riesco nemmeno a capire che canzone sta passando alla radio.

In dieci secondi ho perso tutto il mio passato.

Ai miei piedi, un vuoto concreto, più pesante e presente del pieno che si sono portati via.

Strappato, come un piercing dalla pelle.

Rabbia feroce, dirompente, esplosiva si riversa in ogni angolo del mio corpo con la forza di una cascata in piena. Ho un desiderio enorme di affondare le mie nocche su quella faccia, di vederle saltare i denti dalla bocca, di schizzare rosso. Ho bisogno di sangue.

Mi metto a correre per tutta la stazione sperando di trovare la ragazza, un po' alla cieca senza una precisa direzione. Sono confuso senza un piano, corro perché se non mi muovo ho paura di spegnermi, come quando ti muore la batteria del cellulare.

Poi mi fermo, sfinito. Il fiato si spezza in gola, il sibilo dell'asma fischia come il capotreno, «non correre che sei asmatico», le parole di mia mamma che ora non servono a niente, ma sono comunque lì.

Ci hanno rubato anche il nostro ultimo saluto, Marti. Il nostro ultimo bacio.

Questo non credo proprio che riuscirò a perdonarlo.

Okay, calmo.

Cosa devo fare?

Denuncia. Dove? Polizia. Indicazioni. Eccolo. Binario 1, polizia.

Suono il campanello.

«Sì?»

«Salve, mi hanno appena rubato un borsone con dentro tutte le mie cose. Devo fare denuncia, magari dalle telecamere riuscite a...»

«Ci vorrà più di un'ora.»

Secca, decisa, annoiata, quasi scocciata.

«Bene. Pensa di farmi entrare?»

«Guardi che può fare la denuncia anche all'ufficio di destinazione.»

Il tono non cambia.

«Non stavo partendo, ho accompagnato la mia ragazza al treno.»

«E perché aveva un borsone?»

«Era quello della palestra… ma le pare? Lei fa l'interrogatorio a me? Può aprirmi gentilmente?»

Gentilmente è l'aggettivo che uso nelle frasi di cui la gentilezza non ha mai fatto parte.

Un suono noioso come la voce della signorina apre la porta.

Nella piccola stanza d'attesa dotata di tutti i non-confort, dalla non-aria condizionata alle non-sufficienti sedie rispetto al numero di persone, mi si palesa davanti un piccolo circo felliniano: ragazze koreane buttate a terra, giovani leopardati di ritorno da Ibiza, inglesi travestiti da alpini, egiziani con il permesso di soggiorno, sì, ma appena perduto.

«Buongiorno, mi hanno appena rubato…»

«Si sieda e aspetti il suo turno. Parla inglese?»

«Come scusi?»

«Lei parla inglese? Nun capisco che vojiono 'ste du Koreane, che se so' piazzate qua da du' ore.»

La mia mutazione da derubato disperato a Olga Fernandez de noantri avviene repentina e naturale.

Perché in un ufficio di polizia alla stazione Termini, nessuno parla inglese.

Del resto, ne passano così pochi di stranieri da queste parti, del personale internazionale sarebbe davvero superfluo.

In un'ora e mezza di attesa, investito del mio nuovo ruolo di interprete, il clima è allietato dalle battute degli ufficiali, degne di uno *Zelig off*. I carabinieri dovrebbero chiedere una percentuale sui copyright.

«C'è questo signore che ha perso i documenti.»

«Che io sappia di Signore ce ne sta solo uno, ue ue, e sta in cielo!»

Spassosa.

«Che mi passi quella bottiglia (di acqua).»

«Ho smesso di bere dieci anni fa!»

Esilarante.

Quando ti rubano il tuo cellulare-arto-putativo, l'iPad fresco fresco di aggiornamento, le scarpe nuovissime mai indossate con tanto di cartellino ancora attaccato e il maglioncino Paul&Shark che era di tuo padre a cui sei tanto affezionato, questo genere di battute ti fa salire un odio universale contro il genere umano.

Ho odiato, nell'ordine, tutte le persone di colore di genere femminile con abbigliamento over size stile hip hop (compresa Beyoncé nel periodo Destiny's Child), chiunque indossasse una divisa, per altro dello stesso colore del mio borsone appena rubato e ogni fischio che annunciava la partenza dell'ennesimo treno che mi avrebbe potuto riportare fra le tue braccia per dimenticare questa brutta giornata.

È il mio turno, l'ufficiale si dimostra piuttosto gentile, non me l'aspettavo.

«Che cosa c'era nella sua borsa?»

«Scarpe nuove, l'iPhone.»

«Come si scrive Aifon?»

Silenzio.

«Sarebbe il telefono della Apple, come il Mac.»

«Come si scrive Mac?»

Penso sia una battuta.

Imbarazzo.

«Okay... allora... M di Milano A di Ancona e C di... Che ne dici di un corso di ingl... Como, sì, ecco, Como, quello del lago dove ci sta Clooney.»

«Non conosco. Comunque, altro?»

All'idea di dover fare lo spelling del maglione Paul&Shark, mi viene un piccolo spasmo muscolare.

«Un maglione blu. Ecco tutto.»

«Perfetto. Mi ha detto che era all'edicola di fronte al binario nove, vero? Sa, per le telecamere...»

Annuisco. «Mi dica la verità, quante possibilità ci sono che io recuperi la mia borsa?»

«Nemmeno una. Non abbiamo mai recuperato nulla di rubato. Solo cose dimenticate, al massimo, oppure lasciate dai ladri da qualche parte.»

Benissimo.

Una domanda mi sovviene spontanea e ingenua: a cosa servono tutte quelle telecamere in stazione?

Dato che, a quanto pare, per quanto riguarda il settore furti, non sono di nessun aiuto, le usiamo per quelli che non sono stati presi al Grande Fratello magari?

No perché, se così fosse, la prossima volta vengo direttamente da casa con una piscinetta gonfiabile per fare la scena di caderci dentro vestito fra l'ilarità generale, tiro una bestemmia per sbaglio e chiedo scusa in diretta nazionale, dove sono le mie sigarette? Nomino qualcuno a caso, non ho niente contro di lui, ma nella casa è quello con cui ho legato di meno e poi faccio a cuscinate per ore. Vorrei un Piero Angela qualsiasi che mi facesse uno speciale sulle telecamere in stazione e la loro – ancora ignota all'umanità – utilità.

Nessuna possibilità di recupero.

Tutto perso, le mie foto, i miei video, quello che scrivo nelle pause, anni di piccole storie.

Mi siedo desolato, mi viene quasi da piangere.

Il telefono è un po' la mia vita.

Dieci secondi.

Dieci secondi nemmeno e mi viene quell'idea.

Si era nascosta da qualche parte, conservata come una risorsa per i tempi di magra.

Tutto quello che ci accade è per il nostro bene, anche quando sembra esattamente il contrario. Non mi ricordo in quale piega della mia vita l'avevo letta, quale messaggero inconsapevole l'aveva portata da me.

Dieci secondi nemmeno e comincio a sorridere, mi convinco, sicuro di una irrazionale sicurezza, che anche tutto questo sia per il mio bene.

Dieci secondi nemmeno e prendo egoista tutta l'aria della stanza, che entra e mi scioglie i muscoli della faccia.

Dieci secondi nemmeno e ricomincio ad apprezzare gli agenti attorno a me che ogni giorno devono affrontare mille di questi problemi, le loro battute ironiche che non mi fanno ridere, la fortuna che ho avuto nel poter studiare l'inglese, tutte le ragazze in stile hip hop, soprattutto Beyoncé.

Penso che per derubare qualcuno rischiando di essere presi e arrestati… devi avere davvero un buon motivo. Più che altro non devi avere scelta.

Chissà qual è la storia di quella ragazza, che vita è costretta a condurre. Avrà avuto più o meno la mia età.

L'ho guardata negli occhi per una frazione di secondo, prima di realizzare che mi stava derubando. Lei ha avuto paura, gliel'ho letto negli occhi. Un lampo fulmineo, come una vittima l'istante prima di essere condannata, una preda che vede la canna del fucile dritta in faccia, conscia di essere il bersaglio di quel proiettile.

Quella paura atavica, crudelmente umana, di morire.

Ritorno a osservarmi con sguardo lucido, da questa nuova prospettiva, sempre in questa squallida stanza d'attesa senza aria condizionata.

Mi hanno rubato delle cose, punto negativo della giornata.

Sono sano, ho una ragazza che amo, bellissima, fra due giorni la riabbraccio, sono circondato da innumerevoli persone che mi vogliono bene, e sono molte di più della media nazionale, sto facendo un lavoro che mi appassiona, viaggio tanto e vedo il mondo, per farlo posso camminare con le mie gambe, vedere con i miei occhi, riesco a ridere molto spesso e scopro ogni giorno cose nuove. Posso respirare, cadere e rialzarmi sempre.

Potrei continuare questo elenco per ore.

Messe sulla bilancia le cose negative diventano irrisorie rispetto a quelle positive, anche se sono quelle su cui poniamo la nostra attenzione.

Torno a casa e penso che fra due giorni sarò a Parigi senza telefonino, è vero, ma con te, Marti.

Proprio questo è stato il mio pensiero prima di addormentarmi, l'ultimo del giorno in cui c'eri ancora tu nella mia vita, l'ultimo.

Mentre cammino in questo lungo corridoio mi tornano in mente quei pensieri.

Non ho più le nostre foto. Mia madre direbbe: «Le persone importanti non rimangono nelle immagini, ma nel cuore, dove nessuno può rubarle».

A me pare che invece ti abbiano proprio rubata, strappata dal mio abbraccio, lacerando i pezzi della nostra storia.

Mi pare che quella ragazza in stazione mi abbia rubato tutto.

Il telefono, le scarpe nuove, la maglia del babbo. Voglio indietro i nostri ultimi messaggi, l'ultima foto abbracciati! Maledetta!

Non credo che arriverò alla fine di questo corridoio vivo. È davvero troppo.

I miei buoni propositi, l'ottimismo a tutti i costi, quel bastardo di lato positivo da cercare in ogni cosa, la giusta prospettiva da trovare sempre in qualsiasi situazione... tutte minchiate. Finché pensavo fosse un cellulare, okay, si può anche fare. Ma ora no.

Sono solo.

Passo undici

Finisce per 11. Il numero di telefono di mio padre.

Quello che comporrei adesso, se solo avessi un cazzo di telefono.

Non mi ricordo le altre cifre, solo 11, se no me ne farei prestare uno da… sì, da chi?

Qui a Parigi ci sono solo io.

Dovrebbero arrivare anche i genitori di Marti e la sua migliore amica, me lo ha detto Maiki prima di partire, ci ha pensato lui. Efficiente e freddo, bravo Maiki.

Senza cellulare mi sento perso. Abbiamo venduto la nostra autonomia a uno schermo touch-screen e cinquanta grammi di peso. Siamo dipendenti e deboli.

Pensare che nella mia vita ho viaggiato molto, e anche senza un cellulare me la sono sempre cavata in mezzo a gente estranea, alberghi o appartamenti sempre diversi, lingue e città sconosciute.

E credo che questo derivi dalla sicurezza di chi è amato. Io sono e sono stato tanto amato dalla mia famiglia.

Sempre.

Questa consapevolezza mi ha accompagnato mentre attraversavo le sconquassate strade di Bombay o camminavo nelle immense periferie di Los Angeles. Io non sono mai stato solo. Lo ammetto, a volte ho anche rischiato, sono stato un incosciente. Ma toccando ciò che si deve, per ora tutto è andato alla grande.

Di fatto, in qualsiasi situazione mi sia trovato – anche a rischio notizia nella cronaca nera – non mi sono mai sentito solo. Ho sempre avvertito l'amore dei miei genitori, in ogni situazione.

Mi ricordo che quando sulle pareti della mia scuola avevo letto la scritta *The best teachers are those who are what they teach* – I migliori insegnanti sono quelli che sono quello che insegnano – avevo subito pensato ai miei genitori, soprattutto al babbo.

Io volevo chiamarlo papà, ma mia mamma si era convinta che babbo fosse meglio. E così a scuola, in mezzo a venticinque papà, ero l'unico ad avere il babbo.

Anche se siamo completamente diversi – lui ingegnere, io attore; il mio interesse per i motori è inversamente proporzionale al suo per le opere di Čechov; la mia instabilità emotiva fa a pugni con le sue certezze granitiche – anche se spesso parliamo linguaggi incomprensibili fra loro, lui è uno dei punti più incredibilmente fermi della mia vita, un raro esempio di grandezza umana.

E nelle sue parole, parole che credevo fossero mie, riscopro il suo più grande insegnamento: qualsiasi ostacolo, per quanto grande, per quanto distruttivo e dirompente, è sempre un'opportunità, ha come finalità ultima il nostro bene. Un bene assoluto più grande di noi. E con la certezza di questo bene, mio padre mi ha buttato nel mondo.

Sono un uomo fortunato.

Ho un grande padre e ho avuto un grande barboncino.

Qui adesso vorrei solo mio padre.

Passo dodici

La prima volta che venni a Parigi lo notai subito. Abitavi al numero 12.

Mi bastò.

«Marti, per me è un sì.»

«Cosa?»

«La nostra storia. Per me siamo fatti per stare insieme, sai?»

«E questa certezza assoluta da dove ti viene?»

«Abiti al numero 12. È il mio numero.»

Sorride, ma non troppo. Non si lascia affascinare dall'esoterismo dei miei numeri.

«Sei pazzo con 'sta cosa dei numeri. Ti sembrerà assurdo, ma lo sono anche io, quindi pari patta. Quando ho scelto questa casa sono stata felice fosse al numero 12. Perché 1 più 2 fa 3, il mio numero. Non sono fissata come te con i numeri, però lo ammetto, l'ho pensato...»

«Ti sembrerà ancora più assurdo allora: io sono legatissimo a due numeri. Il 12, che ora è la mia casa di Parigi – le strizzo l'occhio – e il numero 7. Quando cercavo casa a Roma, credo di averne viste almeno trenta. C'era sempre qualcosa che non andava, e mai, dico mai, avevano il numero giusto.»

«Perché sei un tipo facile tu Fra, vero?»

«Non lamentarti, c'è di peggio, comunque... sono arrivato in questa casa, mi piaceva la posizione, aveva il terrazzo, il camino, le travi a vista e una finestra che affacciava su Castel Sant'Angelo. Era perfetta. Poi sono uscito e come ultima cosa ho visto il numero civico. 124! Ti rendi conto?»

«Be', mi rendo conto che non è 7 né 12.»

«È qui che ti sbagli Marti. È tutto! Infatti, all'interno c'è il 12, e se lo sommi fa 7.»

«Tu stai peggio di me. Ma molto peggio. Molto molto.»

«Lo ha detto anche quella dell'agenzia immobiliare. Perché sono uscito e ho gridato: "Fa 7! La prendo!".»

Da quel giorno la mia casa si chiama Fasette.

E per mascherare quanto più possibile la mia follia l'ho chiamata Maison Fasette, alla francese. Ho fatto anche appendere una targhetta sul portone. Tutti i miei amici ormai non dicono che vanno a cena da Francesco, ma da messieur Fasette.

«Tu hai bisogno di dare un nome a tutto quello che ti circonda.»

«Sì, perché se dai un nome a qualcosa, anche inanimata, gli dai una dignità e una famiglia. La mia.»

«Quando si dice famiglia allargata...»

«Presto troverò anche il tuo. Quando inventi una parola per qualcuno nasce una lingua che solo tu e quella persona potete decifrare, rafforza le appartenenze.»

«Devi smettere di dire queste cagate, perché mi sto innamorando di te.»

«Non lo avevi mai detto.»

«E negherò di averlo mai fatto. Vieni dentro.»

Mi trascina oltre il portoncino di legno rosso e osservo

preoccupato la scala a chiocciola che si staglia verso l'alto, ripida, davanti ai miei occhi, tendente all'infinito.

«No, l'ascensore non c'è.»

«Scherzi, vero?»

«No. Sono sei piani, a piedi, con i gradini in legno sconnessi. È il fascino decadente di Parigi. Prendere o lasciare. Pensa che mi capita spesso di farla con tutti i pacchi dei vestiti per gli shooting. Su e giù fino a otto volte di seguito, le ho contate. In compenso ho un culo di marmo.»

Mi si stringe il cuore. Non penso alla battuta né al suo culo, al quale penso comunque moltissimo per tutto il resto della giornata. Penso a quello scricciolino fragile che a fatica scende quella piramide scoscesa carica come un mulo di abiti nemmeno suoi. Sento un desiderio fortissimo di proteggerla, di sollevarla dalle fatiche, di renderle la vita più facile.

Te le porterò io le valigie, sempre, in tutte le vacanze che faremo, Marti. Non dovrai portare nulla. Non dovrai avere pesi. Voglio che tu ti muova leggera, saltellante davanti a me, lungo la strada, nei sentieri di montagna o nella pineta che porta al mare, in quell'ombra fresca trafitta di luce. Camminiamo insieme.

Forse l'amore è questo, desiderare il bene dell'altro prima del proprio.

Le valigie non sono nulla, sacrificio da poco, ma sono la forma dell'amore. Se mai mi chiedessero di spiegare razionalmente l'amore, risponderei così: due valigie.

E questa predisposizione ad anteporre il bene della persona amata al proprio, servire la felicità dell'altro è l'unico modo che abbiamo per arrivare alla nostra felicità. Non c'è altro modo.

Negli altri c'è il segreto di tutto, nella condivisione, negli occhi di chi abbiamo davanti c'è l'unica opportunità di vedere noi stessi.

Ed è un casino ricordarselo sempre. Un vero casino.

Ma con te, no, viene tutto naturale. E farei queste scale anche cento volte, anche carico come un mulo, per vederti dal basso mentre mi sorridi, appoggiata alla balconata di questo sesto piano di gradini sconnessi.

«La casa è piccolissima, ma è disposta benissimo, sembra molto più grande di quello che è. Comunque sappi che non supera i trenta metri quadri.»

«Sarà più facile poterti toccare sempre.»

Il legno del parquet a spina di pesce scricchiola a ogni passo. Poggiati sopra al camino ci sono i tuoi ricordi, come spilli sulla cartina geografica della tua vita: un boccale di birra di Chanel, macchinine di Mark Jacobs, un cubo di Rubik in ottone colorato, delle boccette da alchimista, la foto di una modella settantenne, bellissima, con una dedica a china.

«Me l'ha regalata Margaret. È la migliore modella con cui abbia mai lavorato. Settant'anni, non un intervento chirurgico, due occhi azzurri come il mare della Côte d'Azur, capelli spessi, folti, bianchi e lunghissimi. In ogni foto traspare tutta la sua energia, la sua pienezza. Non so come fa.»

«Ho fatto un servizio con delle modelle grandi» dice così. Non anziane, è sempre delicata, anche quando è da sola con me, a casa sua, dove potrebbe evitare il politically correct imposto dal lavoro.

«È stata un'esperienza formativa, per la prima volta ho riflettuto su quanto la vita ti resti scritta in faccia.»

«Lo penso sempre anche io. Fino ai venti, venticinque anni, se sei bello è perché semplicemente ti è andata di culo. Ma dai trenta in poi la tua faccia porta i segni di quello che sei diventato, racconta la tua storia» commento.

Entriamo nella camera da letto, le lenzuola appena cambiate che sanno di lavanda – lo ha fatto per me! – un abito di organza appeso alla parete come un quadro e una grande finestra, di quelle delle mansarde francesi coperte di lavagna, che si apre sul giardino interno. Spingo lo sguardo verso l'anta aperta dell'armadio, oltre la quale intravedo un groviglio di abiti, borse e foulard che potrebbe raccontare ai posteri la seconda Guerra Mondiale meglio della Guernica di Picasso.

La ragazza non è ordinata, penso. *Per fortuna, posso rilassarmi anche io!*

Appeso sopra il letto, dentro una cornice nera con passepartout bianco c'è il mio cartello *MARTI COMI in STELLA*.

«Lo hai incorniciato! Addirittura? Era uno scherzo!»

«Te lo scordi che era uno scherzo. Ho le prove. E carta canta, baby. Ti sei rovinato con le tue stesse mani.»

La prendo fra le mie braccia e la bacio con infinita dolcezza, con tutta quella che un gesto umano può contenere, anche se è una piccola parte di ciò che sta scoppiando dentro di me. Sento le sue labbra carnose appoggiarsi decise sulle mie.

«Marti, io penso di...»

E mi fermo. Pausa.

«Bravo. Deve essere speciale.»

«Sì. Ho una gran voglia di dirtelo. Tantissima. Da sempre, dalla prima volta in cui non mi sono accorto di te. Già lì te lo dovevo dire. Invece no. Adesso amo aspettare. Amo avere il nostro momento per dirti che ti... Vedi? Non lo dico nemmeno indirettamente.»

«Anche io voglio quel momento e deve essere unico, diverso da tutti gli altri. Il nostro momento T.»

«Un momento in cui non potrò fare a meno di dirtelo. Nonostante gli sforzi, nonostante tutte le mie seghe mentali.»

«Un momento in cui sia necessario dirlo.»

Ti bacio, ancora. O forse non avevo mai smesso di farlo.

Si bacia in tanti modi. Io ti voglio baciare con tutto.

Anche quando le labbra sono distanti, continuare a baciarti.

Con gli occhi, con il movimento dei capelli, con le particelle di ossigeno che vengono dai miei polmoni e finiscono nei tuoi.

Il nostro momento T non è mai arrivato, quel "ti amo" non te l'ho mai detto.

Sento come una lancia che mi trafigge, da parte a parte, chirurgica esce dall'altra parte. Prendo atto della mia totale impotenza.

Non ho avuto il tempo di farlo, sarebbe arrivato a breve, ne sono certo.

Non abbiamo avuto il nostro momento necessario.

Il nostro momento T non c'è, non c'è stato e non ci sarà.

La vita è una merda.

«Ti va se stasera non usciamo?»

«Non chiedo di meglio. Sono le mie serate preferite. Casa, camino, cena sul divano e un buon film. Io e te. Non chiedo di meglio, davvero.»

«Se diventiamo troppo pantofoloni?»

«Ti ammazzo, okay?»

«Affare fatto. Nel frattempo, infilati una tuta e i calzettoni morbidi. Io preparo la cena.»

E mentre fuori Parigi si colora degli abbagli della Torre Eiffel, risuona del lento strascicarsi dei bateaux-mouches sulla Senna, dei bistrot brulicanti per l'aperò, degli sbuffi continui dei francesi (che ancora non ho capito se siano un intercalare o un tentativo di rendere concreta la noia), noi restiamo qui, in un piccolo appartamento capace di contenerla tutta.

Del resto, non è la città dell'amore?

E qua dentro, cari miei, ce ne sta a badilate.

Devo mettere via un po' di tutto questo amore, per i periodi di magra, penso.

Ci addormentiamo abbracciati, nelle lenzuola che sanno di pulito.

Ti abbraccio da dietro cercando di contenere tutto quell'amore, non ci riesco.

Mi accontento di provare ad accoglierlo, difenderlo.

Sembriamo due pezzi incastrati del tetris, mentre appoggio la mia bocca al tuo orecchio, facendomi strada fra i capelli, questa partita la chiudo con il record mondiale dei punti. Il premio finale è dormirti accanto tutta la notte. Livello successivo, sono pronto.

«Buona notte, amore mio. Oddio, ma amore mio si può dire?»

«Sì, okay. Amore mio lo sdoganiamo, tipo vezzeggiativo. Però se me lo scrivi nei messaggi devi sempre scriverlo con la A maiuscola, che amore lo usi un po' troppo spesso, tu.»

«Con te ha un suono tutto suo, amore mio. Però okay, vada per la maiuscola. E sappi che se già ti avessi detto quell'altra cosa, adesso la ripeterei.»

Chiudo gli occhi e sento che li chiudi anche tu.

Anche questo sarebbe un momento perfetto per morire.

Penso che la vita non abbia mai gridato così forte come in questo silenzio.

Passo tredici

Tredici passi su questo marmo, mosse cadenzate di un tango coreografato minuziosamente. Scatti veloci, impeti, sussulti feroci e pause. Il tredicesimo passo è la pausa, tecnica e funzionale, per riprendere fiato, continuando a nascondere la fatica, il pubblico non la vuole vedere, il pubblico vuole il sorriso sulla faccia.

La platea si nutre del mio ballo, è sempre più esigente. Ha bisogno di un grande show per ricacciare in gola il grido disperato, se sono qui il motivo è sempre lo stesso.

Incrocio il terzo occhio rosso fuoco della piccola indiana vestita da grande seduta sulle poltroncine di sinistra di questo corridoio infinito. Gli occhi, neri come due bottoni lucidi, mi guardano diretti senza imbarazzo, senza coscienza. A una sedia di distanza la madre, altri due fratelli, maschi, più piccoli, uno in braccio e uno appoggiato al fianco della donna che cerca di calmarli, piangono, ma sommessamente. Lo sguardo della donna racconta il vuoto, quello assoluto, quello che non lascia spazio nemmeno al dolore, alla fatica, all'anima. È un robot che cerca di portare a termine la catena di montaggio di una vita difficile. La piccola, invece, si è presa una sedia di distanza, uno spazio vuoto, e se ne sta sulle sue, composta, già adulta.

Qui tutto ha un peso, ogni respiro, ogni movimento.

Il corpo sta registrando tutto, per averne memoria, per incidere la scatola nera del mio incidente mortale. Sto precipitando, senza controllo, senza un pilota al comando, senza alcuna nozione delle procedure d'emergenza.

Che poi non so nemmeno se esistono procedure per questi disastri.

Sono decollato pensando che il mio viaggio mi avrebbe portato nel triangolo delle Bermuda, la mia meta finale, la catastrofe. Sto andando verso il buio, non avendo alternative.

La bambina indiana mi guarda cadere, ne è perfettamente consapevole, nonostante l'età, lei sa quello che sta per succedere. Chissà quante ne ha viste, cosa ha scombinato le priorità della sua infanzia. Credo abbia appena perso il padre, o forse uno zio, in un paese straniero che non le ha dato i natali, in una terra a cui non è interessata ad abituarsi, sola, anche di fianco alla sua famiglia, a una sedia di distanza da loro che guarda la mia caduta. Forse, così, la sua le farà meno male.

Non è indifferente, i bambini non lo sono mai, solo non ha spazio in quel corpicino, in quegli occhi di seta e di curry, per essere empatica con me. Ma sono proprio i suoi occhi a portarmi via di qui per un istante, a offrirmi ciò che la mia mente chiede: portami via di qui, portami indietro nel tempo, riavvolgi il nastro.

In India ero andato a girare un film negli studi di Bolly wood, quelli famosi con gli elefanti, decine di danzatrici trattate come divinità e milioni di senza niente tutto intorno.

Nella discrepanza di questi due mondi che sopravvivono uno accanto all'altro avevo capito il significato di povertà, di privazione totale. C'è gente che non possiede davvero nulla, nemmeno il proprio corpo.

L'albergo scelto dalla produzione del film era il più antico e prestigioso della città, faccio l'attore di successo scendendo le faraoniche scale di cristalli e velluti del Taj Mahal Tower.

Mi bastò uscire la prima volta per rimanere sconvolto: a due metri da quella ricerca ostentata di lucido lusso, una massa di corpi giaceva per terra, dormienti o forse morti, non era dato sapere.

Ogni giorno il mio autista che non parlava inglese mi veniva a prendere per portarmi sul set.

Ogni giorno ci perdevamo per due o tre ore mentre quelli della produzione mi maledicevano per il ritardo e io maledicevo loro per l'inefficienza.

Ogni giorno provavo a comunicare con Faruk, Tuktuk o qualcosa di simile, provavo a spiegarmi a gesti, usando tutta la mimica facciale di cui sono dotato, ma no, proprio non c'era verso, Faruk non capiva un tubo.

Soprattutto non capiva che vivevo a Roma e che non avevo idea dei pericoli che la più grande metropoli del mondo può celare.

Per esempio, la baraccopoli, vicino alla stazione dei treni, è uno di quei posti che qualsiasi guida minimamente preparata ti sconsiglia di visitare. Faruk mi lasciava lì.

Il fossato accanto alle rotaie diventava durante la notte un giaciglio per molti senza tetto. Dormivano con i treni che sfrecciavano a trenta centimetri dalla loro testa.

Il fischio del treno e lo sferragliare dei binari mandano improvvisamente in frantumi il mio ricordo. Sono di nuovo qui, nel corridoio infinito dell'obitorio. La vita sfreccia a trenta centimetri dalla mia testa. Se quelle persone si sono abituate a quella situazione, io, oggi, mi riuscirò ad abituare a questo dolore.

L'uomo è adattabile. Spero.

E intanto gli occhi della bambina indiana mi spingono di nuovo nel mio passato. *Dimmi dove mi stai mandando*, penso, *dimmi quello che devo cercare.* Metto a fuoco la strada del ricordo ed ecco un'immagine.

Un uomo esce dalla sua baracca con un giornale in mano. *Vedi, in tutto questo niente, lui comunque legge il giornale, si informa* penso subito.

Mentre ancora sono perso in questo sentimentalismo di luoghi comuni, quell'uomo appoggia il giornale per terra, si cala i pantaloni e ci defeca sopra.

Silenzio.

«Faruk, *take me on set*» dico, ma soprattutto mimo con gesti correlati che imitano uno che guida. Faccia persa nel vuoto, totale assenza di sforzo per capirmi. Poi parte.

Arrivavo ogni giorno sul set con la faccia più stralunata.

Non riuscivo a concepire delle vite così piene di dolore, al loro posto mi sarei ammazzato nel modo più rapido e indolore che quella condizione sociale mi concedesse.

Che tanto poi basterebbe alzarsi di notte al momento sbagliato, e il gioco è fatto.

Il valore della vita è praticamente zero.

Che tu muoia o viva non interessa praticamente a nessuno.

Al momento del pranzo mi portavano il cestino nella roulotte rosa confetto e azzurro nausea, il kitch era di casa e mi cominciava pure a piacere.

Fuori dalla mia porta, ogni volta, almeno un centinaio di persone. Non ho mai capito se fossero lì perché credevano che io fossi un attore famoso o più semplicemente per il mio pranzo.

Nel dubbio, gli regalavo sempre il mio cestino.

Dal primo giorno, in mezzo a quel brulicare di formiche affamate, avevo visto lei.

Il suo sguardo perforante, incorniciato da quei capelli lisci e lunghi su un corpo di cinque o sei anni, era arrivato dritto al bersaglio, io.

Aveva qualcosa di straordinariamente pulito seppur rotolasse nel fango e nel traffico convulso della capitale indiana.

Il sorriso di una dolcezza disarmante non chiedeva nulla e aveva bisogno di tutto.

Ogni giorno le compravo qualcosa da mangiare e delle barrette di cioccolato che – avevo capito subito – erano le sue preferite. Mia madre avrebbe detto che le potevano fare male, ma devo dire che la vita ci aveva già abbondantemente pensato.

Gliele davo fra una pausa del set e l'altra, quando mi cambiavano il costume o mi sistemavano il trucco.

Lei le prendeva veloce, senza ringraziare, e scappava via, come i passerotti con le briciole sulle panchine del parco.

Ma Angelina (l'ho chiamata immaginariamente così) aveva sempre un secondo, furtivo, in cui mi guardava grata e quello era davvero un momento enorme, forse più per me che per lei. Forse egocentrico, egoista, populista, generalista e tutti gli aggettivi che finiscono in ista che posso aggiungere, ma per un attimo mi sentivo buono, sentivo di servire a questo mondo. Lei per un attimo era il mondo.

Ma un mondo fragile, in bilico, pronto a svanire un giorno. Il giorno in cui le avevo dato le solite barrette, ma davanti ad altri bambini, suoi coetanei. Non ci avevo proprio pensato.

Era successo tutto in un attimo, come gli incidenti stradali, che poi non ti riesci a ricordare come sia successo.

Avevano cominciato a inseguirla, lupi famelici, sfrecciando scatenati in mezzo ai viottoli luridi di immondizia e sacchi abbandonati.

Angelina correva di una corsa disperata, che conosceva bene.

Ho tutto nella testa, quegli occhi sfuggenti, quel sorriso mancato, quel susseguirsi affannato di passi veloci per la sopravvivenza.

Ricordo anche la mia reazione, il desiderio di inseguirli e difenderla e le gambe che non si muovevano, impotenti di fronte alla ferocia dell'essere umano.

Paralizzato, inerme, inutile.

Come ora con te, Marti.

Che posso fare?

Cosa cazzo posso fare?

Questa vita è un casino da accettare.

Che c'entrava adesso farla morire così, nel pieno della sua esplosione, colma di vita, con una carriera che stava prendendo il volo. Adesso che aveva me, che ero innamorato per la prima volta, che l'avrei sostenuta e accompagnata alla scoperta di tutto.

Che per la prima volta pensavo con un "noi", sotterrando il mio io.

Che facevo progetti per due.

Che ti avevo presentato ai miei genitori, Marti, in quel pranzo al mare quando la mia sorellina di dieci anni ti aveva chiesto «e tu chi sei?», senza aspettarsi alcuna risposta, che tanto sapeva già tutto, che i bambini sanno sempre già tutto.

Che senso aveva l'esistenza di quella bambina emozionata per una barretta di cioccolata da un euro, che rischiava la vita, ogni giorno, solo per il fatto di svegliarsi in quel luogo.

Che senso ha vivere per poi perdere tutto in una frazione di secondo?

Che senso ha impegnarsi, evolversi, essere buoni se poi a caso qualcuno decide che non ti meriti più niente?

Il dolore, questo dolore, è rabbia liquida nelle mie vene.

Cammino a stento e sento ogni fibra del mio corpo dolorante, sono in uno stato di annebbiamento e totale lucidità.

La piccola indiana non si è mai staccata da me, mi fissa.

«Ciao, Angelina» sussurro senza voce con un cenno del capo.

Sei tu ora quella bambina della barretta di cioccolato che sapeva di dover correre più veloce degli altri.

Ci siamo rincontrati, dopo anni, in questa strana situazione. Assurdo, vero?

Ora sono io a dover correre avanti e tu a guardarmi inerme, senza potermi aiutare.

Ora sono io a non poterti abbracciare, che se lo faccio muoio.

Ora sono io che ho fame, freddo, paura.

Ora sono io che sono solo.

Grazie per la barretta. Non mi salverà, ma almeno posso fare un altro passo in avanti.

Passo quattordici

Chissà come si festeggia in un Istituto Medico Legale il primo di novembre.

La festa dei morti fra i morti.

Si vestiranno da Sposa Cadevere pensando che in qualche gelido loculo, qualche metro più in là, è probabilmente sepolta quella promessa che non verrà mai mantenuta? C'è chi cinicamente prenderà le sembianze del piccolo Casper sapendo che un bambino, nella stanza accanto, indossa un abito di cellophane nero e sul pollice un cartellino che scientificamente riporta il suo nome e il motivo per cui non potrà partecipare al dolcetto o scherzetto con i suoi amici di scuola?

Mi stupisco di me quando penso certe cose. Forse le elucubrazioni della mente sono la mia unica via di fuga, forse solo un'abitudine. Mi faccio domande su ogni cosa, solo per non avere le risposte.

Sta di fatto che mi salvano spesso e in questo momento riesco a pensare solo ad Halloween.

A queste cose tu, Marti, non ci hai mai tenuto più di tanto.

Le feste imposte, le ricorrenze obbligatorie, il ricordarsi di volersi bene con il timer.

Chi se ne frega del compleanno, dell'onomastico, della festa del papà, della mamma, del migliore amico dell'uomo, dei nonni, delle donne, degli innamorati.

Ma quel quattordici di febbraio non è stata una data e basta. Quella data ha avuto senso, almeno per noi.

Tu a Parigi, io a Napoli.

Entrambi sul set.

«Pronto? Ciao, Marti, come va?»

«Quasi finito. Anastasia ha fatto le cose in grande questa volta, ne uscirà un servizio incredibile.»

«Anastasia la tua capa? Il diavolo veste Prada?»

«Quella è la Wintour. Io lavoro per l'uomo e lei è "il diavolo" della rivista maschile.»

«Ma è quella che ho conosciuto alla festa della moda su quel terrazzo di Parigi? Mi piace molto!»

«Lei per me è la numero uno. Ma come tutti i numeri uno è bella tosta. Oggi mi ha anche fatto un complimento. Cosa rara, ma in quanto rara molto apprezzata.»

«Si vede che te lo meritavi...»

«Me li merito anche quando non me li fanno!» Ride. «Tu?»

«Ho girato una serie che boh... tremenda. Gli attori sono anche bravi ma si fanno dalle venti alle trenta scene al giorno.»

«È molto?»

«Considera che quando giro un film ne facciamo due o tre, massimo cinque. Qui si va a catena di montaggio, buona la prima.»

«Quindi anche io sono una da soap.»

«Che vuoi dire?»

«Sono buona la prima, nessun errore baby, a questo giro sei stato un grande!»

«In un certo senso sì. Ma spero il risultato sia meglio di 'sti papponi.»

«Lo sarà.»

«Mi dispiace non venire, oggi. Un po' ci tenevo.»

«Non preoccuparti, capisco benissimo. È lavoro.»

«Sì, ma era il nostro primo San Valentino insieme.»

«Festeggeremo al decimo, okay?»

«Lunga scadenza. Mi piace. Okay...»

«Non essere triste. Lo sai che poi mi intristisco anche io. Invece va bene così, siamo già molto fortunati.»

«È vero. Lo siamo. Bacio, ti chiamo dopo.»

«Bacio.»

Però lo sento anche dalla cornetta che ti dispiace.

Quel nodo alla gola copre la distanza Napoli-Parigi in un micro secondo.

La rapidità dei pensieri in successione che seguono il *clic* del telefono è ancora più fulminea: penso che c'è una vita sola, che non mi sono mai drogato e non sono mai scappato di casa. Non ho nemmeno mai bigiato a scuola. A essere precisi, solo una volta, ma ho incontrato per caso mio padre per strada e alle 9:45 ero già stato riportato in classe, quindi non vale.

Penso proprio che forse questo è il momento più giusto per fare una follia.

Ho già la carta di credito in mano e l'applicazione di Alitalia sul telefono.

L'ultimo aereo utile per arrivare è all'ora di cena.

Fatto.

Telefono a Mara, la tua vicina di casa con cui esci sempre e le dico di invitarti a cena, in modo che tu non abbia altri programmi. Fatto.

Poi chiamo il mio amico Fabri che mi ha detto di quel ristorantino romantico in cui era stato pochi giorni fa. Cos'era? Hotel Amour forse? Mi sembra perfetto come nome.

Dai, Fabri prenota per me che ti conoscono tutti, che sei abbastanza famoso da trovare un tavolo anche per il giorno stesso. Un tavolo per due, bello e con i fiori.

Fatto.

La valigia, non ho tempo, comprerò qualcosa lì, un jeans e una maglietta, una tuta forse, non ho bisogno di nulla.

Il taxi, di corsa, «mi scusi, perdo il volo se no, confido in lei che lo vedo che è speciale».

La gente quando si sente speciale fa le cose meglio. Aeroporto, check-in, imbarca la valigia? No, non ho nulla. Atterraggio, il pilota non è un genio della delicatezza, sono vivo, va bene così, la fermata dei taxi? Guardi, ho salvato l'indirizzo sul cellulare, che col francese sono davvero una pippa e non mi capiscono mai. *AMOUR*, al neon, mi dice che sono arrivato nel posto giusto. Mi siedo, aspetto.

Tu entri parlando al telefono, ti guardi intorno cercando il volto amico di Mara.

Fai un chek veloce di tutti i tavoli, passi il nostro, non mi vedi e mi scavalchi con lo sguardo.

Poi, al rallenty, il tuo occhio torna indietro, sospettoso, incredulo.

Riattacchi, nascondi la faccia nel maglioncino che hai in mano e dal modo in cui scuoti le spalle capisco che stai ridendo in quel gomitolo di cashmere.

Ti avvicini ciondolando.

Io sfoggio quell'espressione da figo brevettata negli anni, soddisfatto di come sono riuscito a organizzarmi senza che tu sospettassi nulla.

Sorrido con il sopracciglio alzato e un fare strafottente.

«Mi scusi, è occupato?» mi chiedi.

«Sì, signorina, mi dispiace, sto aspettando la donna più importante della mia vita. Dopo mia madre.»

«Ah. E la signorina in questione lo sa di essere la seconda della sua lista?»

«Credo di no. Glielo tengo ben nascosto. Sa, è piuttosto permalosa.»

«Lo credo bene!»

«Che vuole... si è innamorata così, tutto in una volta. Non ha capito più nulla. A volte mi chiedo che cosa faccio alle donne...»

«Vorrei saperlo anche io, magari mi siedo con lei, le faccio compagnia finché non arriva. Così mi racconta qualcosa sull'incredibile attrattiva che suscita sull'intero genere femminile.»

«Certamente. Appena arriva però, mi raccomando, se ne vada via celere. È piuttosto gelosa.»

«Una donna piena di difetti, a quanto pare, la sua amata.»

«In effetti sì. Però sa, questa mattina ero a circa duemilacinquecento chilometri di distanza, l'ho sentita al telefono. Ed era talmente dolce mentre mi diceva che non era un problema se la lasciavo sola il giorno di San Valentino che ho deciso di venirla a trovare, a sorpresa.»

«Quindi lei è molto innamorato...»

«Difficile da ammettere, ma credo di sì. Come lei di me, d'altronde.»

«E di cosa si è innamorata questa ragazza piena di difetti? Cosa ha trovato irresistibile in quest'uomo viaggiatore?»

«Senza dubbio si è innamorata del modo in cui bacio.»

«Ahah, sì? Perché, lei come bacia?»

«Se vuole glielo dimostro... Senza alcuna malizia eh, in modo del tutto esplicativo!»

«Certamente, se è solo una dimostrazione tecnica allora sì, sono piuttosto interessata.»

Con i gomiti appoggiati sul marmo di un tavolino da bistrot, mentre un'insegna al neon sopra le nostre teste urla la parola *AMOUR*, ci baciamo.

«Ha ragione. Lei bacia molto bene, signor viaggiatore. La sua fidanzata è una donna molto fortunata.»

«Secondo lei avrei fatto tutti quei chilometri se il fortunato non fossi io?»

Qualche ora dopo, camminando per le strade del centro di Parigi, torniamo a casa.

Ci impieghiamo circa due ore. Non riusciamo a fare più di venti passi senza che uno dei due non tiri l'altro a sé, ogni portone diventa nostro, ogni angolo, ogni terrazzo in ferro battuto. Parigi sa essere la città più bella del mondo quando vuole.

Passiamo dietro al Centre Pompidou, davanti a quello specchio tinteggiato dal ricordo della pioggia, dove ci siamo baciati la prima volta, io, te e quella rosa bianca spanata.

«Ti ricordi?»

«Sì. Mi sembra ieri e allo stesso tempo una vita fa. E forse è esattamente così.»

«Sai che ho ancora il petalo di quella rosa, nel portafoglio?»

«Sai che ho ancora quella rosa?»

In silenzio, un passo segue l'altro.

Vorrei tracciare da un satellite lontano il disegno dei nostri passi che partono paralleli, poi si incrociano, si girano attorno, prima lenti poi affrettati. Chissà cosa stiamo disegnando. Due linee che si intrecciano formando opere d'arte, come barocche installazioni visive. Stiamo ricamando il mondo.

Chissà da lassù quante cose potremmo scoprire sul percorso che stiamo tracciando, sul rincorrersi costante di queste due linee.

I miei passi continuano solitari sulla graniglia triste di questo corridoio.

Una linea, piatta, dritta, senza nessun disegno. Da soli non si disegna bene.

Non sto creando più nulla.

Cammino e basta.

Passo quindici

Specialmente il giovedì, seduti sul divano bianco, avvolti in coperte di pile chilometriche e dai colori improbabili, io e la mia famiglia guardavamo *Tutti insieme appassionatamente*, una delle fissazioni cinematografiche-nostalgiche di mia madre.

Di conseguenza anche noi figli abbiamo sviluppato una forma di ossessione verso quel film.

Lo guardavamo almeno una volta a settimana.

Conoscevamo tutte le canzoni a memoria, io le sapevo pure suonare al pianoforte.

Poi mamma, posseduta dall'indomato spirito della suorina dei monti, cominciò a cucire abiti come quelli del film a me e ai miei fratelli.

La mia canzone preferita era quella dei due ragazzetti nel loro primo tentativo di baciarsi nella limonaia.

Che se lui non ce l'avesse fatta lì, proprio in quel luogo, avrebbe vinto l'oscar come più grande sfigato del mondo, quelle robe per cui devi preventivare anni e anni di analisi.

«Quindici anni, quasi sedici, è la più bella età, per imparare come baciare, quando dovrai baciar...» e giù di limone duro al chiaro di luna.

Un po' come ci baciamo noi due, Marti, ma senza quel costume da crucco che avrei sempre voluto indossare almeno una volta nella vita.

Del film mi piaceva il modo in cui cambiavano repentinamente di condizione.

Da ricchi possidenti a fuggiaschi in povertà, da divisa rigorosa a tenda fiorata, da composti e silenziosi a urlatori da strada, una versione rivista delle voci bianche dell'Antoniano in gita sui monti, senza però le caprette che fanno ciao.

Era insomma gente che accettava quello che proponeva la vita nel momento presente e lì dava il suo meglio, fosse il concerto in casa o la fuga dai nazisti.

Che poi la vita ti dà gli ingredienti, come li cucini è una tua scelta.

Io infatti – a meno che non ci sia a casa Marti che è brava a cucinare – mangio quasi sempre al ristorante.

Lo scelgo in base alle tovagliette.

Le mie preferite sono quelle marroncine, di carta riciclata, grossolana, porosa, dalla trama irregolare.

Da Massimo, all'Osteria del Pegno, incastrata in un vicolo dietro piazza Navona, hanno le migliori. Ti ci ho portato la prima volta che sei venuta a Roma, Marti. Ti sei arrabbiata quando ti ho detto che le porto tutte qui, la prima volta. Hai sorriso quando ho aggiunto che questa sarebbe stata l'ultima.

Il mille foglie di melanzane è d'obbligo, come il calice di vino rosso di Montepulciano, che poi mi cominci a ridere senza controllo e io mi innamoro ancora di più.

Cade una goccia rossa, la carta marroncina si bagna.

«Così scrivo la mia vita, sai?»

Non capisce, ma segue.

La mano estrae come una pistola dal fodero la mia Montblanc punta media, sempre con me per salvarmi la vita.

Mi aggrappo alle macchie di sugo inciampate dal piatto e alle gocce di vino, pesci rossi saltati fuori dalla bolla del mio calice in cerca di una temporanea libertà.

Mi sembrano segni già precostituiti, qualcuno o qualcosa ha deciso, indipendentemente da me, che il mio disegno deve partire da lì.

«La vita ci parla, in ogni istante. Sta a noi imparare a capire la sua lingua.»

La punta scorre veloce e fluida, come sapesse già dove andare, decide lei.

Scavalca, circonda, delimita, sottolinea, crea.

Le macchie non sono casuali, no. Sarebbe troppo facile.

Decodifico.

«Questa tovaglietta siamo noi, qui ora, vedi?»

«No, ma mi piace.»

«Quando ci affacciamo a questa vita non abbiamo mai una tela bianca, mai una libertà assoluta. Ma ci viene consegnato un foglio bianco con qualche segno. Come questi qui.»

«Che filosofo stasera...»

Mi guarda sospesa. Siamo diventati intimi.

Due gocce di vino e una macchia di sugo ed eccoci qui a guardarci dentro.

Per quanto possiamo decidere di disegnare linee complicate che corrono lungo l'idea che ci siamo fatti di noi, quei tratti indelebili rimangono lì, fanno parte di noi tanto quanto quello che andremo a realizzare.

Come adesso, lungo questo corridoio, con una bambina indiana che ora mi guarda le spalle e tu che mi aspetti più avanti distesa.

Come questa lacrima che ha deciso di scendere, che ha deciso di lasciare anche lei la sua traccia fra i segni di questa faccia che anche tu, Marti, hai modellato ogni giorno da quando sei entrata dentro di me.

Ogni sorriso, ogni pianto, ogni scazzo, ogni abbraccio, ogni momento T, è qui sul mio volto. Segni che saranno sempre con me, indelebili e io che posso solo girarci intorno.

Come le macchie sulla tovaglietta di carta dell'Osteria del Pegno che tu guardi affascinata.

Le strade sono due: tentare inutilmente di coprirli o, invece, valorizzarli, renderli parte di una creazione più grande, non ostacoli, ma colonne portanti della nostra vita. Possono essere un naso grosso, una figura sottile, un bel sorriso, pochi capelli, una malinconia di fondo, una felicità costante, una depressione latente, una mancanza, un eccesso, una qualità artistica, una predisposizione matematica, una solitudine, una famiglia, un amore.

Non importa quali siano i segni sulla mia tela. Fanno parte di me.

E con me possono diventare un'opera d'arte quando decido di coinvolgerli nel paesaggio definitivo della mia creazione.

Ho imparato poche cose in questa vita, ma di una sono certo: la vita è più intelligente di noi.

Non dobbiamo fare nulla per indirizzarla, lei ha già scelto una strada, la migliore per noi.

Il nostro compito è perseguirla con tutto il nostro impegno, con la forza e la determinazione, senza chiusura.

Senza dire "voglio diventare questo o quello" o "voglio per forza avere quella cosa", ma ascoltando la verità del nostro cuore, seguendo le proposte giornaliere di un disegno più grande, avendo coraggio e fiducia.

Capendo con umiltà che siamo tanto piccoli. E che possiamo fare grandi cose.

Era facile pensarlo, quando era vino e non sangue.

Era facile pensarlo in una piccola osteria nel centro di Roma traboccante di tulipani e specchi alle pareti.

Ma ora sono qui in un gelido corridoio di Parigi e sto seguendo la vita, la mia.

È strana, e spesso non la capisco.

Cerco di fare al meglio quello che mi propone.

Anche se stavolta è più difficile del solito. Questa volta la macchia mi sembra un buco nero che il mio disegno non può inglobare, ne viene risucchiato, annientato in un secondo. La mia tovaglietta è carta straccia ormai.

Improvvisamente, non so per quale ragione, sento rinascermi dentro un impeto di speranza.

Non so dove fosse nascosta, se nel tallone o dietro l'orecchio, sta di fatto che in questo momento di buio profondo, quando cerco a tentoni un interruttore nella stanza buia, con le spalle contro il muro, percorrendo un perimetro ignoto e sconnesso, quella, di sua spontanea iniziativa, emerge.

E la luce torna, come se una fotocellula percepisse il mio movimento, senza bisogno di pigiare nulla.

Una speranza ingiustificata, sovrumana. Respiro.

L'interruttore della luce è dentro di noi. Basta avere fiducia che tutto accada inesorabilmente per il nostro bene.

Sono con le spalle al muro in questo momento. Aspetto quella luce. Sento che ci sarà.

Sono stato varie volte a Bali. Dovremo andarci insieme, Marti, non so come, ma dovremo farlo.

Lì la luce dirompente del sole si alterna con ritmo costante a temporali improvvisi. Piove, torna il sole e poi ancora la pioggia. Vivendo lì impari a stare sotto l'acqua. Sai che alla successiva tornata di sole ti asciugherai.

Vedevo questi contadini curvi nelle risaie, che quando cominciava a piovere si allontanavano con calma dai campi, tutti fradici e sorridenti. Senza quell'acqua non avrebbero potuto coltivare il riso.

Un giorno ero in motorino ed è arrivato il temporale, così dal nulla.

Mi sono fermato, ero in mezzo alla campagna, nessun riparo in vista, nemmeno un albero che tanto poi mi hanno sempre detto di non andarci mai sotto quando piove, che ti arriva il fulmine e muori.

E ho pensato che la cosa più intelligente da fare in quel momento era bagnarsi.

E sono stato lì, con una maglietta bianca e i Ray-Ban neri, con la pioggia che scendeva a secchiate, a braccia aperte e mente sgombra. *Tanto poi mi asciugo*, pensavo.

Anche adesso sono sotto la pioggia.

A questo giro è un tornado, ma non posso fare altro che rimanere qui e ripetermi nella testa la frase: «La vita non è aspettare che passi la tempesta, ma imparare a ballare sotto la pioggia».

A questo giro la musica è davvero alta. Bisogna essere grandi ballerini.

Ma le sfide mi piacciono, e ho i piedi buoni che già cominciano a tenere il tempo.

Ancora un passo, avanti.

Passo sedici

Un timido moto positivo muove il mio sedicesimo passo.

Una sottile speranza di un bene più grande che mi comprende articola le mie giunture. Vado avanti con un forse, con un "non tutto è perduto", con un "forse avrà un senso", con una fiducia. Quella fiducia nel futuro che avevo a sedici anni.

A sedici anni l'unica cosa che mi interessava era la festa di carnevale del mio liceo.

Ogni sezione allestiva un mini spettacolo. Io ero il leader della mia sezione, fin dal primo anno, quando solitamente i ragazzi di quinta sembrano vecchissimi e autorevoli.

Non a Carnevale, non per me.

Fin da settembre ero completamente focalizzato sullo show di fine febbraio.

E ho vinto tutti gli anni.

Il resto del programma scolastico, delle materie, della vita da studente era un simpatico corollario a cui prendevo parte più per dovere che per altro.

Quello è stato l'apice della mia carriera di attore, il momento in cui ho capito l'assolutismo della parola passione. Sono stati i miei spettacoli migliori. Ero felice: ogni anno, ogni votazione, ogni vittoria, rinascevo.

Sono nato con la passione per il lavoro.

Se sono nel progetto giusto posso lavorare senza sosta per ventiquattrore. E non è un modo di dire.

La passione per l'amore, invece, è arrivata anni dopo, con Marti.

Me ne sono accorto una mattina.

Mi sono svegliato di umore storto in una soleggiata Roma, tu eri lontana in una piovosa Parigi.

Ho avuto per la prima volta paura che tu mi lasciassi, che nella lontananza avessi conosciuto qualcun altro.

Ho scoperto la gelosia. Senza alcuna ragione reale.

Anche se la sera prima mi ero divertito un sacco, se avevo riso tutto il tempo e bevuto un po' troppo. Anche se avevo passato tutta la giornata sommerso dagli amici, mentre vedevo la mia casa trasformarsi in un centro sociale-ricreativo scandito dai momenti colazione-pranzo-caffè-tisana-aperitivo-cena-film con le persone che amo a turni alterni.

Anche dopo una giornata così, capita di dimenticarsi quanto siamo fortunati, imprescindibili, unici.

Basta poco per sentirsi inutili.

Come quella mattina.

Ho sentito profondamente di non servire a nessuno, di non essere capito e accolto, di non mancare. Avevo quella strana sensazione di quando si sta per essere lasciati. Di quando non siamo abbastanza per qualcuno che amiamo. Di quando non sappiamo dove indirizzare quel sentimento che proviamo, come un pacco alla posta su cui non si riesce più a leggere il destinatario e che rimane lì, accatastato, in un magazzino anonimo di una città sbagliata.

Di quando ci accorgiamo che l'amore è un rischio. Grande.

Quando ci chiediamo se abbia senso tutto questo.

Con questo vuoto nello stomaco ho chiuso il portone di casa.

Magari andare in palestra mi aiuta, ho pensato.

Ho chiuso la porta a chiave, sperando che ogni mandata imprigionasse quella sensazione fra le mura del mio appartamento, così da lasciarmi passeggiare a cuor leggero sul porfido di Roma.

Ma quel vuoto ti si attacca addosso, trapassa qualsiasi superficie, è dentro di te, ti segue ovunque vai.

Poi succede qualcosa. Sembra paradossale, sembra inventato, ma è successo davvero.

Con la sacca gialla fluorescente, attraverso il cortile interno del mio palazzo.

Deserto e silenzioso.

Poi la vedo. È lì, davanti al portone che dà sulla strada.

Un po' dark, vestita di nero, con qualche fiocco qua e là e delle rose ricamate sui collant.

I capelli rosso fuoco le incorniciano gli occhi troppo truccati.

Mi fermo a qualche metro di distanza.

Mi guarda avvolta di mistero in una domenica mattina qualsiasi, sorride, sicura e ammiccante.

Si gira verso il portone e sembra che stia per uscire. Poi respira, lo vedo dalle spalle che si alzano.

E canta.

Solo una strofa.

«Come te, non c'è nessunooooo!»

La "o" finale la tiene lunga come se dovesse permetterle di correre lontana, di insinuarsi su per il cavedio, arrivare in tutti gli androni e i cortili, salire per le scale, fino al terrazzo comune che si butta su Roma e poi tornare indietro.

La "o" difatti torna come un cane fedele al richiamo del suo padrone.

L'accarezza con dolcezza.

Il silenzio ricade su tutto il condominio.

Lei è padrona della scena, io un po' interdetto, fermo con la mia sacca gialla fluorescente. Ci guardiamo.

Ho cercato nel mio repertorio l'espressione giusta da fare, senza trovarla.

Probabilmente ho messo su la faccia da idiota, la prima che sono riuscito a recuperare in quel momento sospeso.

Si volta, sorride complice, come un'amica che ti ha appena confessato un segreto.

Apre il portone, poi esce veloce, lasciando che si richiuda pesante dietro di sé.

Sono tornato solo, come un attimo prima, mentre le sue parole rimbalzano ancora, sorde, sulle pareti dell'androne. Quel senso di vuoto, sparito.

Incredulo, mi chiedo se sia successo davvero.

Non importa.

Come me non c'è nessuno. L'ha detto lei.

Rido, sorpreso come sempre dalla magia della vita, stupito di fronte alla meraviglia degli esseri umani.

Di una cosa sono certo: è da parte di Marti.

Non so come abbia fatto, ma voleva mandarmi un messaggio e lo ha fatto.

Una specie di Interflora canterina che al posto del mazzo ti consegna una cantante dark con messaggio personalizzato.

Il minimo che posso fare è ringraziare. La chiamo.

«Grazie.»

«Di cosa?»

«Che mi fai sentire unico. Mi fai sentire il primo della lista.»

«Be', ci siamo svegliati bene oggi, sono contenta.»

«Veramente mi sono svegliato malissimo. Figurati che ho anche pensato che mi tradissi.»

«Oggi non stai bene… torna a letto e riposa, okay?»
«Oggi sto benissimo, Marti. E se fossi qui ti direi quelle due parole che ci teniamo per il nostro momento T. Non le dico, non al telefono, però sappi che le sto pensando. Fortissimamente.»
«Mamma mia, quanti baci ti darei ora, lo sai?»
«Sì, lo so.»
«Eddai, dimmele le parole segrete!»
«Okay, dai è arrivato il momento, sei pronta? Okay allora, sei pronta? Vado? Okay… hai chiuso il gas?»
«Sei un cretino. Bello bello, ma cretino.»
Sì, l'amore è un rischio. Enorme. Ma è probabilmente l'unico rischio che vale davvero la pena di correre. L'amore non ti dà le risposte. Per lo meno non quelle che vuoi tu.
Però ti parla, costantemente, a modo suo.
Ho imparato a leggere l'amore di Marti anche quando è lontana.
Nelle parole di una sconosciuta.
Nella foglia a forma di cuore che ti cade proprio accanto mentre bevi un frullato sulla panchina del parco.
Nelle farfalle bianche che si posano sulla mano.
Nelle note di una canzone che scappa di nascosto dalle finestre socchiuse di una casa del centro.
Marti ci sei. Nelle mie giornate, nelle tue assenze, sempre.
Ci sei e basta.
Faccio partire la musica con opzione shuffle, brani a caso.
Lo faccio sempre, è così che permetto alla vita di rispondermi.
You are always on my mind. Ancora tu.

Quando il tallone tocca il pavimento, torno in me, al mio sedicesimo passo in questo corridoio. Non ho un iPod, non ho una canzone scelta dal destino in modalità shuffle che mi dica come stai, se mi stai pensando. Non ho un pezzo di carta porosa su cui far scorrere la mia penna per vedere se riesco a capirci qualcosa. Non ho una sconosciuta stramba che mi canta. Non ho una limonaia per limonare con te. Non ho te.

Penso di non avere nemmeno me.

Passo diciassette

Fortuna o sfortuna, segnali e coincidenze, tradizioni e superstizioni.

Agli attori, prima di andare in scena, si dice "tanta merda", che, di per sé, non parrebbe una cosa molto carina. Ma nell'Ottocento, quando non c'erano gli schermi nel retropalco e non potevi sapere se il teatro fosse gremito o desolato, l'unico modo per capirlo era uscire dal retro, andare davanti all'ingresso e vedere quanta merda ci fosse per strada.

Molta merda significava molti cavalli, cioè molte carrozze, e quindi molto pubblico.

Il viola non lo si indossa mai, invece, perché è il colore della quaresima cristiana, quando un tempo era vietata ogni forma di divertimento, teatro compreso. Era il periodo dell'anno in cui gli attori facevano la fame. Viola significava stomaco vuoto.

Il diciassette dicono porti sfortuna. Addirittura a New York ci sono grattacieli in cui gli ascensori non hanno il diciassettesimo piano. Che è una cavolata, vivi al diciassettesimo piano e lo chiami diciottesimo. Ma nella sfiga ci abiti lo stesso.

Tutto ebbe origine nell'antico Impero Romano. E che sia arrivato fino ai giorni nostri la dice lunga su quanto gli uomini siano sensibili all'argomento sfortuna.

In numeri romani 17 si scrive XVII. Che anagrammato compone la parola VIXI.

Vissi, cioè non vivo più, cioè sono morto.

Mai come in questo momento la morte mi è vicina.

Non avevo mai perso qualcuno di così intimo, in famiglia sempre "tutti bene, grazie".

La morte proprio non faceva parte del mio lessico, del mio quotidiano, della mia consapevolezza.

Poi un giorno ti svegli e ti accorgi che si muore. Senza preavviso, senza un programma. Che almeno quando devi girare una scena impegnativa ti avvisano due giorni prima, che è poco in effetti, ma almeno arrivi sul set preparato.

Ma alla morte ci arrivi di botto, senza nessun copione. Ti addormenti e magari non ti risvegli più, un incidente, la classica tegola dal tetto.

Oggi la morte è entrata nelle pieghe della mia vita, cambiando tutto. Per sempre.

Sono stato investito da un carico di dolore immenso, il più pesante che abbia mai provato.

Come una morsa metallica sul petto, una ferita aperta di cui percepisco i contorni fisici, nella quale posso infilare le mani e tirare fuori di tutto. Sento tutto.

Come prima, con la stessa rapidità, come un bagliore improvviso, mi ritrovo davanti al mio attimo di lucidità. Non so cosa abbia questo corridoio parigino, ma mi riporta a me stesso per brevi parentesi essenziali, come se mi permettesse di guardarmi da fuori, di percepire il disegno.

Realizzo che adesso la morte fa parte della mia vita e che anche questo ha un senso.

Per anni ho vissuto con delle schematiche comportamentali piuttosto rigide, seguendo postulati incrostati chissà da quanti anni nella mia coscienza.

Per anni mi sono imposto di fare sempre la scelta giusta, la strada che mi convincevo fosse la migliore, soprattutto in ambito professionale: non lavorare nelle soap opera che ti squalifica; la Tv va bene, se di qualità; teatro sì, ma non ghettizzarti; cinema d'autore tutta la vita e cinepanettone mai; ricordati che devi andare alle feste, ma non a tutte; parlare con le persone giuste, ma non esagerare; dire sì e dire no; ponderare; dipanare gli intrighi della società; chi conta, chi bisogna evitare; quanto bisogna essere presenti e quanto parlare con le proprie assenze.

Ora penso: ma tutto questo per cosa, se tanto alla fine si muore?

Mi sento quasi sollevato.

Sbagliare diventa una semplice procedura, un elemento interessante di questo cammino.

Bruciarsi? E chi se ne frega?

Scegliere di frequentare le persone giuste? E perché?

Preferisco le persone che mi piacciono, che se muoio io, oppure loro, per lo meno avrò quel retrogusto in bocca di avere speso bene il mio tempo.

Fare un film sbagliato con una conseguente pessima figura? Va benissimo!

Quante convenzioni, quanti inutili schemi sociali, quante seghe mi sono fatto fino a ieri, fino a un passo fa.

Me ne rendo conto ora, nel più stupido edificio di mattoni rossi di Parigi: perché fino a ora ho vissuto con tutta questa paura di sbagliare? Tanto alla fine si crepa, e un grande "ciaone" a tutti voi.

Devo stare attento, so che questi momenti di illuminazione non durano molto, me li devo godere fino in fondo.

La verità è come l'ossigeno: troppa uccide. Non si può vivere nella verità, totale, assoluta, siamo fragilmente umani per sopportarla. Abbiamo di tanto in tanto degli squarci di coscienza, delle visioni di insieme, di cui possiamo conservare solo un blando ricordo, che già basta a sconvolgere delle esistenze.

Prima di ripiombare nel dolore, mi do un compito: non appena tutto questo sarà finito, se mai uscirò da questo vortice che mi costringe senza ossigeno al fondo di un pozzo senza luce, be', da quel giorno in poi farò solo quello che mi piace, dirò tutto quello che devo dire, vivrò con la perfetta consapevolezza del valore del presente.

Farò tutte le cazzate che mi merito di fare, guarderò in faccia ogni errore e, sorridendo, gli dirò: tanto alla fine si muore!

Questa vita non va presa sul serio, che tanto solo una cosa è certa: non ne uscirai mai vivo.

E riderò di me e del mio prendermi sul serio, della mia assurda presunzione di essere meglio di qualcun altro, delle scelte da fare e delle persone a cui sorridere.

Del giusto e dello sbagliato. Che in fondo la morte è una gran cosa, resetta tutti i nostri casini.

E sulla mia tomba voglio una foto sorridente e una scritta a caratteri cubitali: *STO DA DIO*.

Voglio strappare un sorriso a chiunque passi di lì, che al mio funerale si rida di gusto per tutte le volte che sono caduto e poi mi sono rialzato.

E anche il giorno in cui venni a trovarti, Marti, e tu mi aspettavi in fondo alle scale della metro. E io, preso dall'entusiasmo, mi affrettai a raggiungerti. E inciampai. Caddi per tre rampe di scale, mi si aprì la valigia e feci volare la mia roba dappertutto. E mi squarciai il mento. Ti dissi che non mi ero fatto niente, per fare il figo, però mi diedero cinque punti.

Ma alla fine di quella scala c'eri tu e andava bene così.
Anche con il mento rattoppato.
Anche con le mie mutande sparse per la metro.
Anche se avevo fatto la mia solita figura da imbranato.
Alla fine di ogni scala ci sei tu.
Alla fine si muore, e forse è questa l'unica cosa che può salvarmi adesso.

Passo diciotto

Dal fondo del corridoio si apre una porta. Un crampo mi stringe lo stomaco, mentre vedo qualcuno uscire proprio dalla stanza dove mi sto dirigendo. Sei tu, Marti? Lo spero così fortemente che mi fa male.

La ragazza prosegue a testa bassa, mi supera in lacrime.

Deve essere qui per la mia stessa ragione. Avrà più o meno diciotto anni.

Vorrei fermarla e chiederle la sua storia. Come se la mia non mi bastasse.

Come se potessi dimenticare la mia.

Come se la regola del "meno più meno fa più" fosse un'equazione applicabile alle dinamiche del dolore cosicché due dolori sommati potessero essere una felicità.

La matematica invece non esiste nella mia realtà.

Vorrei abbracciarla e avere abbastanza forza per dirle che passa tutto, tutto si risolve, ma in questo momento purtroppo non lo credo.

Non posso fare nulla per lei, né lei per me. Siamo buttati su questa terra con un destino, ognuno deve percorrere il suo.

Ha una maglietta gialla.

Il colore stride in questo luogo di assenze. Mi sembra che qui siano ammessi solo i grigi, i neri, i colori delle mancanze, le sfumature del vuoto.

Un'altra convenzione della mia testa? La ragazza che piange non ne ha. Piange anche in giallo. Mi ricorda Eleni. Un incontro casuale in treno. Una compagna di viaggio che ha voglia di parlare. Io di leggere.

«Mi chiamo Eleni, mia mamma adorava *Sentieri*, non so se tu sai cos'è, perché è una soap vecchia.»

Indossa un maglione viola, T-shirt viola, pantacollant viola, stivali viola, cinturina sottile viola, cerchietto viola, occhiali con lente sfumata viola.

Ho il libro aperto tra le mani, giocherello con il segna pagina in metallo, tentando in ogni modo di farle capire quanto sia interessato a finirlo al più presto.

Niente. Eleni ha voglia di parlare.

«Sono vecchio quanto quella soap, Eleni, ma li porto bene. Piacere, Francesco.»

«Ah, dai, te ne davo di meno. Credevo che studiassi.»

«Ai tempi di *Sentieri* studiavo...»

«Io amo impastare, invece. Tutto. Il pane, le torte, le focacce, ma la cosa che amo di più è la pasta all'uovo. Le mie coetanee non lo sanno fare, ma io, sai, faccio l'aiuto cuoco. E voglio fare la pasticciera. O la pasta all'uovo.»

Auguri, sarà un viaggio lungo.

Chiudo il libro e controvoglia mi assetto in modalità chiacchiere futili. Sbaglio: io non apro bocca.

Eleni si cimenta in due ore di monologo, senza alcuna interruzione né pausa, degne della più grande tradizione teatrale classica russa.

Sbaglio due volte: nelle sue parole non c'è nulla di futile, banale, scontato, prevedibile.

Appena Eleni si accorge che ripongo il mio libro nello zaino, abbandona *Sentieri* e la pasta all'uovo e mi spalanca la sua vita.

Mi parla in modo diretto, come fossi un amico di vecchia data, come se fossi già da tempo nella sua vita, tralasciando di spiegarmi chi fossero i protagonisti delle sue storie: un certo Michele, Dylan, Cinzia, il Don Qualcosa che l'ha portata in gita a Roma, che non si era mai divertita tanto, che la sua amica però non è potuta andare con lei, «che peccato facciamo tutto insieme di solito», aggiungendo di continuo dettagli di luoghi e persone come fosse normale che io li conosca.

La seguo così, senza interrompere, riagganciando come riesco pezzi sconnessi e persone citate, cercando di dare un senso logico a quel racconto.

Non prende mai fiato, il ritmo si fa più concitato.

Ha diciotto anni, sorride sempre e qualche volta si commuove.

Le scende una lacrima quando parla della mamma che ha perso all'età di undici anni.

Una mamma che ammira tanto e che sente vicino ogni giorno, nelle piccole cose.

Ogni volta che fa qualcosa di buono o vede qualcosa di bello.

La mamma aveva una malattia, me la spiega con termini tecnici che non ho mai sentito e che stridono con la semplicità della persona che le pronuncia.

«Scusa, Eleni, ma sono ignorante, non so nemmeno cosa vogliano dire queste parole.»

«La mamma durante la gravidanza ha dovuto fare una scelta. O lei o me.»

Lo dice senza retorica, senza senso di colpa, senza la ricerca di una facile lacrima. Piena di amore.

«Quando la mamma se n'è andata, sono stata affidata a una famiglia che mi ha amata e io pure.»

Dice che da quando ha compiuto diciotto anni – pochi mesi fa – deve cavarsela da sola.

Non ho capito bene perché mai a diciotto anni, se sei in affido, devi uscire di casa.

Almeno lei mi racconta così. Io non ribatto.

«Mio papà, quello vero,» si corregge «cioè quello naturale, fa il camionista, non lo vedo quasi mai. A volte lo vedo nel weekend. Adesso stiamo piano piano riallacciando i rapporti.»

Si sistema il cerchietto che tiene in ordine quella testa piena di vita.

«Sto iniziando a volergli bene. Gli ho detto di non mettersi nei guai, che non faccia lo stupido, che ora ho solo lui.»

Il bene va deciso, è un moto razionale, un ragionamento. *È vero*, penso.

Parla con una delicatezza e una semplicità che arrivano dritte al cuore, lo spalancano a forza e ne fanno uscire di tutto.

Lo dice con gli occhi intensi dei diciotto anni, pieni di speranza e di paura.

È un regalo, me lo sta facendo mentre dai finestrini scorrono immagini di una pianura lineare e costante. Il disegno intricato dei rami degli alberi filtra i raggi di un tramonto bambino.

Mi sembra quasi che il paesaggio si adegui alla sua purezza.

«Vivo in una comunità adesso, faccio l'aiuto cuoca.»

«Come ti trovi?»

«A volte è difficile,» mi dice «ma ho ricevuto e ricevo così tanto affetto che devo ringraziare ogni giorno.»

La guardo in silenzio. Non ho alcun diritto di aggiungere nulla, ora.

Ha la pelle compatta e rosa. Due occhi nocciola e un sacco di viola dappertutto.

I denti piccolini e bianchi e quell'attenzione ai dettagli che hanno le ragazze sole.

Ama Dylan, il suo fratellino.

Non hanno relazioni di sangue in realtà, ma sono stati affidati alla stessa famiglia per un periodo.

Dylan ha sette anni, mi racconta, le telefona spesso, le chiede di stare un po' insieme, di non scordarsi di lui.

Ogni volta che lo va a trovare con le sue amiche, lui si presenta dicendo che è il fratello di Eleni, lo specifica come prima cosa.

Lei me lo racconta mentre il suo viso si dipinge di tenerezza e orgoglio.

L'appartenenza a un'altra persona che ti identifica ti rende persona.

Due anime, due sconosciuti che diventano fratelli perché la vita glielo chiede, perché in due è più facile da sopportare.

Eleni mi guarda innocente, fa una smorfia e butta lo sguardo fuori.

Alcuni ragazzi nel corridoio del vagone cantano *Angelo* di Renga imitandone gli acuti.

Poi ridono. Cantiamo anche noi, intimi dopo tutte quelle confidenze.

Poi arriva la sua stazione.

Si carica il suo zainetto viola sulle spalle. Ci spinge dentro tutti i suoi sorrisi, la sua solitudine, la sua pelle trasparente, le sue paure, il suo papà camionista, la sua mamma lontana, il suo piccolo Dylan, la sua voglia di fare la pasticcera, i suoi ricordi, i suoi desideri e un pezzetto di me.

«Ti aggiungo su Facebook, sai?»

«Spero che tu lo faccia presto. In bocca al lupo per tutto, Eleni. Ah, di cognome faccio Stella, che se no come mi trovi?»

«Bello, mi piace il tuo cognome!»

La vedo correre fuori attraverso il finestrino, chiudo gli

occhi e appoggio la testa alla poltrona bluette del treno che mi porta verso casa.

Rimango solo.

Li riapro e sono ancora qui, a Parigi, stesso corridoio, stesso grigio, stesso vuoto.

Non cambia niente qui.

Ora vorrei sapere dov'è Eleni, che non mi ha mai aggiunto su Facebook.

Vorrei sedermi su cuscini giganti, sul Pont Neuf, davanti alla Senna, con un bicchiere di vino bianco in mano e parlare come prima, come quando nella nostra vita non era mai scomparso nessuno, quando non eravamo mai stati abbandonati, quando si poteva ridere leggeri. Quando potevo rientrare a casa e raccontarti di una strana ragazzina conosciuta su un treno. Tornerà mai quella leggerezza?

Te lo raccontai di Eleni, ti ricordi, Marti? Eravamo stati al mare e ci eravamo buttati sul divanone grigio blu di casa mia durante una di quelle serate solo nostre, di gambe incrociate e pizze da asporto.

«Sei a più di un metro da me. Sei pazza?»

Ridevi e ti avvicinavi incastrandoti alla perfezione. Poi magari leggevi un libro mentre io guardavo la Tv. Ognuno a far le sue cose, ma connessi. Sei la prima persona con cui ho sentito di parlare anche stando in silenzio, facendo altro.

Era una comunicazione costante, involontaria.

«Spero tu possa rincontrarla, un giorno, questa ragazza. Era speciale» mi avevi detto.

«Sai che a un certo punto ho pensato anche di non averla mai incontrata? Come se l'avessi sognata.»

«Tipo un angelo custode?»

«Sì. Non volevo chiamarlo così, che poi mi prendi per pazzo. Ma io ci credo, sai.»

«Anche io, a modo mio. Credo che le persone che incontriamo ci siano state tutte inviate per darci un messaggio.»

«Tu pensi di averlo un angelo custode?»

«Penso che tutti ce l'abbiamo. Poi magari diventano più di uno.»

«Da bambino pensavo fosse mio nonno. Non l'ho mai conosciuto, non lo ha conosciuto nemmeno mia madre, è morto che mia nonna era incinta.»

«Deve essere terribile non sapere che faccia ha tuo padre.»

«Sì, penso che lo sia. Comunque a un certo punto ho deciso fosse lui, ma all'inizio era più una scelta ideologica, non veramente sentita. Come quando volevo diventare fan dei Backstreet Boys, ma più per essere un fan che per il gruppo in sé.»

«Forse deve ancora arrivare il tuo angelo custode.»

Ti rivedo quella sera come fosse adesso, stesa su un divano con in mano una fetta di pizza con salsiccia, funghi e doppia mozzarella.

Perché continuo ad avere questi flashback?

Frasi senza senso che, tutto a un tratto, acquistano valore profetico.

Con la tua scomparsa tutto si carica di significato.

Infilo la mano nei pantaloni, più per abitudine che per necessità, e mi ritrovo a stringere fra le dita lo scontrino della carta di credito, quello di quando ti sei comprata quella borsa in paglia vintage che a me pareva una roba qualsiasi, ma tu invece eri così felice, come se avessi conosciuto John Lennon, resuscitato solo per cantarti *Let it be* in versione arrangiata in un concerto privato.

La tua firma stropicciata su quel pezzetto di carta.

È la cosa più vicina a te che ora possiedo.

Quella penna toccata dalle tue mani, quell'inchiostro che hai sparso nel tuo modo conciso.

E cosa mi rimane di te, adesso?

Faccio una lista mentale.

Il lecca lecca gigante che mi hai portato da NY: non l'ho mai aperto, è ancora nella plastica, spero che duri.

Il Post-it con i nostri due cognomi che hai attaccato sul mio campanello a Roma.

I segnaposti della festa di Fabio, ufficialmente coppia.

Le lettere di quella vecchia tipografia racchiuse in una scatolina di legno rovinato sulle quali avevi evidenziato con inchiostro rosso i nostri nomi.

Degli orsacchiotti gommosi alla Coca Cola che hai nascosto per tutta la casa (ma come fai a mangiarli? Fanno schifo! Ogni volta che parti ne trovo altri!).

La copia dell'ultimo numero del tuo giornale, con quel servizio che ti aveva fatto impazzire. Me lo avevi spedito con dedica all'interno. Io ero così fiero di te.

La mia maglietta dei Lakers che usavi per dormire. Ancora sa di te.

Anche il cuscino sa di te.

Okay, mi fermo.

Ho particelle infinitesimali di te. Non mi bastano.

Continuo a camminare.

A ogni passo realizzo più chiaramente quanto ho perso.

E quando ti vedrò? Cosa farò quando ti vedrò?

Su quel letto, immobile, senza senso.

Un altro passo, Fra, dai un altro.

Tanto lì devi andare, e al proprio destino non si sfugge.

Un altro passo, Fra.

Passo diciannove

A volte le situazioni cambiano l'essenza delle persone.

Greta è (o era, non so che tempo usare) la migliore amica di Marti.

Un rapporto quasi simbiotico.

A me è sempre stata simpatica, ma non siamo mai diventati intimi.

Era la confidente di Marti, erano loro due, io ero una roba da decifrare da fuori.

So che parlavano di me, so che Greta sapeva molte più cose di quante ne sapessi io di lei.

C'era il giusto distacco, un sano rispetto reciproco, un aperitivo in una piazza di una provincia italiana prima dell'estate e una simpatia a distanza.

Sento il portone di vetro e ottone che si apre emettendo un leggero cigolio.

Sento i passi, sento il nero.

Sento il respiro bloccato, l'incazzatura, il dolore lancinante, la rabbia.

Sento che odia il mondo, come non lo ha mai odiato.

Sento che è persa, completamente, come non lo è mai stata prima.

Arriva dietro di me. Non mi volto.

Mi abbraccia in silenzio, non forte.

Il suo è più un appoggiarsi al mio corpo, come priva di forze, esausta, un attimo prima di lasciare cadere tutto.

«Ciao, Greta.»

Lo dico guardando dritto, nel vuoto, portando tutta la sua disperazione come uno zaino di pietre.

«Perché?» La sua voce è impercettibile.

«Perché non lo so.»

«Perché? Lei era bella. Il mondo ne aveva bisogno. Io ne avevo bisogno.»

Scolpiti in un marmo livido i nostri corpi sprofondano in se stessi senza guardarsi mai.

Non ti posso guardare Greta. Crollerei del tutto. Ora non me lo posso permettere.

Ora devo andare da Marti.

Greta ha una delicatezza fisica che ti permette di intravedere la gentilezza della sua anima, abilmente coperta da una scorza di cinismo ostentato.

Le sue mani travalicano le mie spalle. È l'unica parte del suo corpo che vedo.

Piccole, delicate, bianche.

Piangono anche loro.

Ne prendo una e la stringo.

Dobbiamo andare avanti, Greta. Vieni.

Sono contento che sei qui, accanto a me.

Non siamo più quello che eravamo prima, né come individui né come amici.

Ora siamo qualcosa di essenziale uno per l'altra.

«Non ho ancora realizzato» sussurra lei.

«Nemmeno io. Non credo realizzeremo mai.»

«Pensa che prima, mentre prendevo il taxi, volevo

mandarle un sms. Lo stavo proprio scrivendo. Pensa che stupida.»

«Pensa che da quando sono qui, ho già pensato più volte che dovevo fotografare i vecchietti per strada per mandarglieli, che a lei piacciono e qui sono speciali. Ma mandarli a chi? E comunque mi hanno rubato anche il cellulare.»

«Me lo ha detto Maiki. Non sapevo cosa farne del mio. A un certo punto l'ho spento. Non voglio accenderlo più. Voglio pensare che mi sta chiamando per chiedermi come sto ed è incazzata perché è sempre spento. Oggi potevo parlare solo con te. L'idea che qualcuno mi chieda cosa è successo mi uccide. Non voglio parlarne. Non voglio parlarne mai.»

«Idem» rispondo istintivo, come nel film di *Ghost*. È assurdo, mi rendo conto di essere nella stessa situazione.

«Non è accaduto veramente. Non ci crederò finché non la vedo. E forse nemmeno lì.»

«Mi sono immaginato la scena. Entrare e dire: ora alzati e cammina! E vederla alzarsi. Ecco vorrei succedesse questo.»

«Sei il solito egocentrico.»

«Sì. Mi appiglierei a qualsiasi cosa ora che mi porti lontano da me. Da quello vero. E di solito sono un mago a farlo.»

«Oggi tutto è diverso.»

«Oggi tutto è diverso, sì.»

«Chissà come è vestita. Che quella s'incazza come una biscia se non le hanno messo il look giusto.»

Ridiamo piano. L'importanza di una risata la capisco solo ora.

È fondamentale, come l'aria.

Rilascia, per un attimo, i muscoli e le tensioni che mi stanno accartocciando.

Ossigena, per un attimo, il cervello. Mi ricorda che sono ancora vivo. Almeno io.

Stringo forte la mano di Greta. La risata e il pianto in questa situazione sono difficili da distinguere.

Si passa da uno all'altro con una facilità sorprendente.

Manco te ne accorgi e da una risata passa una lacrima e viceversa, senza fine.

Trascino la dualità di questa camminata, senza un attimo di respiro per potere ricordare ciò che abbiamo già vissuto.

Senza fine, tu sei un attimo senza fine. Tu sei ieri e sarai anche domani.

Tu sei sempre Marti. Tu sei il mio sempre.

Vorrei essere un fiume, che nasce e già sa dove andrà, che conosce ogni curva del suo percorso, che disegna il letto dove scorre da sé.

Il fiume che cerca il suo mare e ci arriva sempre. E scolpisce il mondo attorno con costanza e non si fa piegare da niente, nessuno lo può fermare.

Che continua a camminare. Senza sosta, senza dubbio.

Che tiene l'oro nel fango e lo rivela quando è giusto.

Che cancella le orme della volpe che scappa dai cani da caccia.

Che fa specchiare la luna nella sua acqua tremante.

Che nonostante tutto, va.

Io, nonostante tutto, vado, avanti, fino al mio mare. Che sei tu. O quello che resta di te.

E sarà un mare nero, di vuoto, di niente, di male.

Sarà un mare che affoga, denso di un liquame livido, impossibile da nuotare.

Il fiume che arriva al mare e comincia la vita.

Il mio fiume che arriva al mare e muore, inghiottito nel baratro.

La terra non è tonda.

La terra è un disco medievale sospeso nel vuoto. Si arriva al mare e si cade giù.

Passo venti

"Parlo della bellezza. Non ci si mette a discutere sui venti d'aprile. Quando li si incontra ci si sente rianimati. Ci si sente rianimati quando si incontra in Platone un pensiero che corre veloce, o un bel profilo di una statua."

Ezra Pound risuona nella mia mente come un ultimo messaggio, il tuo, in un giorno qualsiasi, prima di adesso. Perché tu eri il vento di aprile, tutto l'anno.

Ti aspettavo, ogni volta che arrivavi a Roma, come si aspetta la bellezza.

E rivivo ora il ricordo, perché la sensazione è sempre lì, perché con la mia immaginazione posso fermare il tempo. Sono a Roma, non a Parigi. E tu ci sei.

«Facciamo colazione al bar da Viola?»

Stamattina Roma si è svegliata fredda nel sole.

Mi piace la normalità della nostra vita, quando vieni qui. Niente di speciale, ma cosa c'è di più speciale di quella sensazione intima di vivere insieme, di svegliarsi abbracciati, aprire gli occhi e trovarti al mio fianco?

Attraversiamo tutto il mercato, un corridoio festoso di zucche e carciofi.

Piazza San Cosimato spumeggia vita da ogni banco, gli urlatori sono dei poeti della saggezza popolare, adulatori di donne in pensione. E il desiderio di piacere delle donne non va mai in pensione, loro sorridono dietro i foulard dalla fantasia floreale.

L'uomo sulla sedia rossa, dietro la sua catasta di libri usati, lo vedo tutti i giorni. Credo che dovrebbero dichiararlo patrimonio dell'Unesco, come i monumenti. Se sapessi scrivere poesie, vorrei dedicargliene una.

«Lui è il re della piazza. Un re silenzioso, autoritario. Comanda per il solo fatto di esserci» spiego a Marti.

Sorrido mentre lo guardo dormire fra i libri sotto un enorme *ti amo* graffittato.

Eccole lì le due parole, quelle del momento speciale, il nostro momento T.

«Marti, sono le mattine come queste che penso che davvero ti...» e indico il muro.

«Anche io la penso come quella parete. Arriverà quel momento speciale e non avremo bisogno del muro.»

Dall'altra parte della piazza, un braccio si agita.

Sotto quel braccio, il sorriso entusiasta di Viola.

Corriamo al bar, ricomincia il rito del mattino, questa volta con Marti.

Arrivo al banco e il mio «caffè senza latte che il biondo è intollerante» è già bello che pronto.

Viola sorride più del solito, sembra impossibile, ma ci riesce.

«Buongiorno, biondo! Ho chiesto di te, se passavi quando non c'ero, che è un po' che non ti vedevo in giro… e poi eccoti laggiù! Ma forse ho capito perché non ti fai più vedere…» e sorride a Marti.

«E secondo te perché?» rispondo ironico.

«Allora biondo, io non ti voglio allarmare, ma dietro di te ci sta una tipa che ti segue.»

«Ah, intendi lei? Non so chi sia. Mi pedina da stamattina, un incubo. Però alla fine è brava e silenziosa, non sporca e sorride spesso, mi sa che me la tengo.»

«Ciao, sono Marti, la tipa disturbata. Sai che il biondo parla spesso di te. Da stalker quale sono, stavo per diventare gelosa...»

«Nessuna gelosia, bambina, quello ha occhi e parole solo per una morettina che abita a Parigi, non credo che tu la conosca però!»

«No, affatto. Odio la gentaglia di Parigi.»

Partono in quarta, queste due.

Il caffè da Viola si aggiunge al rito dell'oroscopo di Branko sul Messaggero. Leggo prima quello di Viola, Capricorno, come quasi tutta la mia famiglia, poi quello di Marti e il mio. Poi quello di tutti i presenti nel bar.

Ognuno vuole sapere il suo segno, si forma un piccolo capannello, succede tutte le mattine.

Mi diverto a vedere come basti poco per interagire con gli altri, con estranei. Quanta necessità ci sia di contatto umano. L'oroscopo diventa un pretesto per dire: «Ehi, ci sono anche io!».

Una signora bionda con un grosso cappello di lana urla da dietro. «Ehi, ehi, io sono vergine, l'hai saltata!»

Mi volto e la guardo.

«Vergine? Ahia...»

«No, ma è solo il segno...»

Io non mi sarei mai permesso con una signora più grande di me di fare questo genere di battuta. Dicevo "ahia" perché quelli della vergine sono tosti, lo è anche mio fratello Stefano: tutti perfettini e precisi, ma c'è di buono che su di loro puoi sempre contare.

Rimango interdetto. Tutti scoppiano a ridere, io pure.

Oggi ci stiamo addomesticando, io e quelli del bar. Forse sono un ragazzo da bar.

Le parole de *Il piccolo principe* risuonano nella mia mente mentre usciamo, mano nella mano, tra i saluti fragorosi della comunità del bar.

«Che cosa vuol dire addomesticare?»

«È una cosa da molto dimenticata. Vuol dire creare dei legami...»

«Creare dei legami?»

«Certo» disse la volpe. «Tu, fino ad ora per me, non sei che un ragazzino uguale a centomila ragazzini. E non ho bisogno di te. E neppure tu hai bisogno di me. Io non sono per te che una volpe uguale a centomila volpi. Ma se tu mi addomestichi, noi avremo bisogno uno dell'altro. Tu sarai per me unico al mondo, e io sarò per te unica al mondo.»

«Mi piace come sai stare in mezzo alla gente.»

«A me piace starci con te.»

Roma, io e te e tutto da fare. Oppure nulla.

Ci stiamo addomesticando anche io e Marti, lei sta diventando essenziale per le mie giornate.

Questa è la bellezza per me. Non c'è nulla di cui discutere, solo viverla.

Solo una passeggiata che segni i contorni di un ricordo, per la prossima volta che prenderai quell'aereo e io ti penserò passeggiando per piazza San Cosimato con Viola che mi grida "buongiorno, biondo!" e l'uomo sulla sedia rossa che dorme.

Greta mi cammina a fianco ora, sento la sua spalla che sfiora la mia. Vorrei raccontarle del nostro mercato, della nostra vita normale. Ma non esiste più e non avrebbe senso. La nostalgia ora non me la posso permettere.

Tira fuori un libro dalla borsa di nappa troppo usata.

«Tieni. Guarda cosa ho letto stamattina mentre venivo. Per caso era nella mia borsa.»

Ma il caso non esiste.

Passo ventuno

«Qualcuno dice che l'anima pesa ventuno grammi.»

Me lo leggi senza darci importanza da un vecchio libro trovato chissà dove, forse comprato proprio in piazza San Cosimato, in uno di quei rari momenti in cui l'uomo che dorme si era svegliato. E questo pensiero si infila nella distrazione di un pomeriggio di assoluto relax, mentre mangiamo gelato bacio e panna direttamente dalla vaschetta.

Sprofondati sul divanone grigio blu, intrecciati come le criniere dei cavalli di dressage, tuffiamo cucchiaini in un mare di grassi saturi, emergendo con sculture di peccato ghiacciato dalle proporzioni irragionevoli.

«Secondo te lo riesco a infilare tutto in bocca?»

Nessuno dei due ha mai fallito nell'impresa.

«Credo che la mia anima pesasse di meno nel momento in cui sei entrata a far parte della mia vita. Ora pesa di più.»

E quel peso sa di infinito.

Ci siamo pesati tutta l'estate, in giro per l'Italia, fino a quella grande casa della Maremma, con altri dieci amici, dove ho imparato ad amare i tramonti.

Ogni giorno, nel tardo pomeriggio, quando tutti si preparavano all'aperitivo in piscina, stiracchiandosi sui lettini, io mi allontanavo, quasi furtivo.

Prendevo una sedia di legno, con la vernice bianca un po' scrostata e la sistemavo su una collinetta, dietro al fienile.

Mi sedevo.

Chiudevo gli occhi e respiravo il sole.

Il vento lieve mi accarezzava i capelli mentre l'odore caldo dell'erba mi entrava nel corpo.

Aspettavo che tutti i sensi si sintonizzassero su quella pace.

Il corpo scioglieva come cera le tensioni, i muscoli abbracciavano le ossa.

Da ultimo, come il gran finale a teatro, aprivo il sipario delle mie palpebre.

Ogni volta entrava la vita, il suo mistero, la sua magnifica grandezza.

La bellezza mi ha nutrito sempre in modo diverso e assoluto.

Gli occhi si riempivano di sole e lacrime. Mi accorgevo di essere felice.

Un giorno, per caso, ti sei accorta di questo mio piccolo rito.

Lasci il tuo spritz, le chiacchiere con Guja, l'euforia del gruppo.

Mi raggiungi a piedi nudi sull'erba, non dici nulla.

Arrivi alle mie spalle, respiri quel tramonto e in silenzio ti siedi in braccio a me.

Come fanno i bambini, senza chiederlo e con totale naturalezza.

In quel momento era la cosa più sensata da fare. Nessun imbarazzo.

È così stupido aver paura di toccare gli altri.

Silenzio.

Non diciamo nemmeno una parola. Non ce n'è alcuna necessità.

La vita parla per noi, tanto da essere quasi logorroica.

Mi stai addosso cinque minuti. Brevissimi. Eterni.

Poi ti alzi, mi guardi e sorridi, ti si apre la faccia e fai luce.

«Torno dagli altri, quando vuoi ti aspettiamo. Ma stai quanto ti pare, sei bello qua.»

Mi guardi con quegli occhi dannatamente profondi e nel silenzio con cui ti sei presentata te ne vai, leggera.

Sono rimasto solo, in quella perfezione, con la certezza di essere amato.

Con quell'appartenenza agli altri esseri umani, alla terra, alla vita, all'amore.

Lì ho cominciato a capire quanto fossi incredibilmente speciale, Marti.

E la cosa che più mi mancherà sarà il tuo modo silenzioso di arrivare nella vita delle persone, consegnare delicatamente il tuo dono d'amore e allontanarti silenziosa nel sole.

Quando ti raggiungo stai brindando con lo spritz, ma come lo sai fare tu: solo Aperol, champagne e quella fettina di pompelmo, che dici che è meglio dell'arancio. Lo hai preparato per tutti, anche per me, anche se ancora non c'ero. Sei previdente o semplicemente sai che prima o poi arrivo sempre.

«Marti, mia cugina e suo marito hanno una casa a Palermo, a Cefalù. Andiamo? Così senza un motivo. La macchina l'abbiamo, la benzina la mettiamo.»

«Sì, andiamo.»

La casa di Sandro e Lucia trasmette l'amore con cui è stata costruita, i dettagli la rendono unica. Nulla è lì per caso. È una casa che ha senso.

L'aperitivo con il tramonto dalla terrazza a strapiombo sul mare ti chiarisce cos'è l'infinito, ti mette in pace col mondo, ti fa capire chiaramente che ci deve essere qualcosa più grande di noi.

Ho ancora una foto di Marti su quel muretto di pietre sconnesse, il mare dietro che si confonde con il cielo senza soluzione di continuità, il sole che disegna i contorni di una torre arroccata sugli scogli.

«Abbiamo fatto bene.»

«Sì. Teniamocela come regola questa. Quando uno dei due ha una botta di matto e dice di partire, rispondiamo solo "sì". Che nella vita i no sono troppi, almeno fra noi due, evitiamoli.»

Seguendo il sentierino diroccato arriviamo alla spiaggia di ciottoli. «Credo che 'sti sassi siano la cosa più scomoda al mondo, ma almeno tengono lontano la massa dei turisti» dice sempre Lucia.

Qua ci siamo noi e pochi altri, si mangia il pesce appena pescato, cotto alla brace e buttato su un cartoccio di carta oleata e pane casereccio.

Fermi come l'acqua del mare, noi e il tempo, prendiamo una pausa dalla corsa di ogni giorno. Posi la rivista, mi sfidi.

«Fino alla boa?»

«Fino alla boa.»

Il mare è calmo, nuotiamo leggeri.

Arriviamo alla boa. Tutto il resto dietro di noi si allontana veloce.

Basta un dito per sostenersi.

L'acqua perfettamente trasparente, profonda almeno venti metri, silenziosa.

Sospesi sul mondo.

Il mare tutto intorno, piatto, di una fermezza irreale, omogeneo e compatto.

Noi due completamente soli, gli occhi corrono all'infinito senza ostacoli.

Parliamo per più di due ore, galleggiando sulle nostre vite.
Parli soprattutto tu, Marti.
Parli di me.
Di come mi vedi, di che direzione prendere, degli ostacoli che devo abbattere, come crescere, dei miei limiti, di come superarli, di come arrivare alla migliore versione di me stesso.
Mi parli con il cuore in mano, come nessuno ha mai fatto prima.
E ti cancelli, nessuna delle tue parole viene filtrata dal tuo ego.
Elimini il "tu sei mio", rimane il "tu sei". Ti sintonizzi sulla frequenza di un altro essere umano, come un perfetto estraneo, svincolato dalle gelosie di un'appartenenza. Sei uno specchio in cui mi guardo, in cui intravedo la parte più pura di me.
La tua anima che parla alla mia. E sono un bambino, ho tre anni, uno sguardo vergine, una mente pulita, un cuore che vibra per ogni respiro di vita intorno.
Sono sbalordito per il bene che una persona può dare a un'altra, standole semplicemente di fronte.
Il tempo è fermo, il mondo attorno pure.
«Sei tutto.»
«Siamo tutto.»
Da lontano mia cugina ci vede. È venuta a chiamarci per l'aperitivo delle sette su in terrazza, tradizione di famiglia.
Ci vede, ma senza delineare bene i contorni, è miope. Un sacco miope.
Arriva fino all'acqua, fino a immergerci i piedi, in equilibrio su quei ciottoli tondi.
Proprio mentre sta per urlare il nostro nome capisce che è un momento speciale.
Senza vedere bene, percepisce l'assoluta importanza di quel momento.

Sente quanto è pieno di bellezza, sente che siamo felici.

Sorride, ci lascia laggiù, sospesi sul mondo, a piedi scalzi sui ciottoli ancora caldi rientra a casa.

Non ci siamo nemmeno accorti che Lucia fosse venuta in spiaggia.

Noi non eravamo lì. Eravamo ovunque.

Eravamo nel nostro incontro.

«Dov'eri, Marti?»

«Dov'eri, Franci?»

«Sono qui.»

«Sai che stiamo vivendo uno dei momenti più grandi che abbia mai vissuto?»

«Sì, lo so. Lo sanno tutti.»

Due anime che si incontrano salvano tutta l'umanità.

Mi alzo la mattina dopo che dormi ancora. Mi sveglio sempre prima io.

Ti guardo, abbandonata su quel letto sfatto, striata di lino e raggi di sole.

Esco dalla veranda, che c'è un'amaca, magari mi faccio un caffè e ti aspetto lì, che ti alzi con i tuoi tempi.

Prima di uscire prendo distrattamente i miei Ray-Ban dal comodino.

C'è un biglietto, strappato su un lato, scritto a penna blu.

Riconosco la tua calligrafia perché è un casino.

Meet me alla boa. Ogni volta che ne avrai bisogno.

Abbiamo trovato il nostro territorio, lo spazio dell'annullamento dell'io e della nascita del noi.

Ora abbiamo un posto nel mondo dove essere uno lo specchio dell'altra, dove non esistono giudizi né preconcetti. Dove ci si ascolta.

Abbiamo la nostra boa, Marti, adesso.

Abbiamo dove sospenderci sul mondo, guardarlo e guardarsi.

E capire chi siamo, cosa vogliamo veramente.

Quante occasioni stiamo sprecando, quante storie ci stiamo raccontando.

Quanti desideri stiamo schiacciando.

Quante anime stiamo trascurando, quanto poco curiamo la nostra.

Quanto ci perdiamo nell'idea che ci siamo fatti di noi, o in quella che ci assegnano gli altri.

Quanto perdiamo il valore delle piccole cose, dei momenti gentili.

Quanto evitiamo di respirare fino in fondo ogni esperienza.

Quanto crediamo di doverci difendere invece che aprire il cuore.

Quanto evitiamo di assumerci l'enorme responsabilità che richiede essere felici.

«Sono felice, Marti.»

«Sono felice, Fra.»

«È quasi troppa, sai?»

«Allora tu conservane un po', per i momenti di magra.»

Credo che quello forse sarebbe stato un buon momento per dirti quelle due parole.

Me lo sono fatto scappare. Sono un idiota, ripensandoci.

La vorrei tirare fuori ora quel poco di riserva di felicità, come fossero le marmellate della mia mamma, basta scendere giù in cantina. Sorrido un secondo, forse per la prima volta da quando sono entrato qui.

Mi vedo scendere i gradini di una dispensa sotterranea, come quelle talpe dei libri illustrati, andare nello scaffale della felicità, un po' più in alto di quello della confettura di arance e sotto il ripiano dei prosciutti sotto sale, e afferrare il mio barattolo. Aprirlo e respirarne un po'.

Sono una bellissima talpa nella mia immaginazione.

Greta al mio fianco mi guarda sorridere e non capisce.

«Ti spiego dopo.»

Vedo anche lei nel suo avatar di talpa.

La mia immaginazione che prende il sopravvento, lo ha sempre fatto, figurati adesso cosa non farebbe per strapparmi dalla realtà di questo corridoio, per scappare da questo momento presente, da questo Universo in cui sono capitato.

Potrebbe anche scavare un tunnel sotto i miei piedi e sbucare in un'altra giornata, in un altro continente, in un'altra storia.

Anche sotto forma di talpa.

E tutta la storia degli Universi paralleli, la fisica quantistica? Che viviamo più realtà contemporaneamente? Perché mi sono beccato l'Universo sbagliato? Dove posso passare in quell'altro in cui noi due siamo ancora sospesi a guardarci, appesi a una boa in mezzo al mare?

Passo ventidue

«Due dita più corto nella manica ed è perfetto. Ecco qua. Te lo facciamo consegnare a casa, okay? Sempre al numero 17 di via Zamenhoff, cit PS+a, se non ricordo male.»

«Sì, grazie Francesca, sei sempre la mia salvezza.»

Esco dalle sfumature sabbia dello showroom di Louis Vuitton mentre il mio smoking viene sistemato a dovere, ci rivedremo fra poco, bello. A casa, Marti è già sotto le mani di Elvina – trucco – e Loris – capelli –, complici di un'amicizia forgiata da anni di set e svariate copertine. Oggi però truccano lei, è diverso, è più intimo.

Ce ne fosse uno con un nome normale nel mondo del make-up, tutti strambi, mai un Marco o una Maria, faccio sempre delle figuracce quando cerco di salutarli con disinvoltura.

La macchina arriverà fra tre ore per portarci alla cena di Gala dell'AMFAR, la più ambita della settimana della moda, la più benefica, la più.

Mica l'after-party dopo, no, no, proprio la cena, quella che conta.

Ci hanno invitato in coppia, per la prima volta. Mi fa paura e mi piace.

Non hai ancora deciso quale dei tre abiti di Valentino indossare, difficile aiutarti, sei bellissima comunque.

«Marti, la macchina è sotto, sei pronta?»

«Non ho la borsa. Non ci credo, ho dimenticato la borsa. Okay, non vengo.»

«Questa scusa non vale, baby. Dai, coraggio, scendi.»

«Ho lo stomaco chiuso. Sei tu quello da red carpet, non io.»

«Scendi Marti, dai.»

C'è sempre un po' di incomprensibile ansia quando sei su quella berlina nera e stai per arrivare a questo tipo di eventi.

Ti si para davanti un muro di fotografi all'entrata e tu sei lì che ti chiedi quale espressione fare.

Serio? No, che poi sembra che fai il figo e te la tiri.

Sorridente? Okay, ma non troppo che sembra che hai bevuto prima di venire.

Faccetta? No, che pare che vuoi fare il disinvolto e in realtà sembri deficiente.

Tutte le tue insicurezze sono lì pronte a uscire, fanno a gara a chi per prima riuscirà a fare capolino dal colletto inamidato della tua camicia da smoking.

E così succede puntualmente che nelle foto esci con quella faccia indefinita, una varietà espressiva che spazia dal "cosa ci faccio qui?", a "scusate non è colpa mia!", passando per "si vede che sono imbarazzato?".

Superati a fatica i vari "guarda di qua! Ehi, noi qui! Insieme qua in centro! Più su! Dai abbracciatevi! Una da solo, per me!", supero il red carpet accorgendomi di aver perso due chili per la tensione.

Chili che recupero in fretta già all'aperitivo dove lo champagne scorre a fiumi e i gamberetti fanno trionfanti il loro ingresso; sono solo, ma con tre flûte in mano, quando si materializza Luca di *Elle* e Letizia di *D di Repubblica*. Le facce amiche in queste situazioni sono fondamentali.

Mi rilasso e la nostra serata inizia effettivamente in questo momento.

Saluti gli amici, te ne presentano altri mille, altre fotografie di rito e poi ai tavoli mano nella mano.

Non per esibizione, ma perché fa squadra.

Io e te siamo un team.

Con una magnum di Moët & Chandon come centrotavola, ci ritroviamo in questo salone blu mangiando architettoniche scomposizioni di verdure sconosciute, mentre Juliette Lewis tiene l'asta di beneficienza.

Attorno a noi, tutta gente ricca o quella che si vede di solito sui rotocalchi rosa.

Strascichi di ricami e paillettes danzano leggeri raggiungendo l'uscita nelle intercalanti pause sigaretta. Donne, dee, di qualsiasi forma e colore, un campionario completo, finemente selezionato, mi scorrono davanti agli occhi in un corridoio che diventa passerella.

Roberto Cavalli sta facendo uno show esilarante: vuole a tutti i costi accaparrarsi il lotto che con ironia sta battendo Bianca Brandolini d'Adda. Si tratta di un orologio Bulgari, uguale a quello che porto al polso, tempestato di tutte le pietre preziose conosciute in natura. Io lo indosso solo perché è lo sponsor che mi ha invitato stasera, siedo al loro tavolo, però mi sento privilegiato lo stesso. Roberto rialza la posta ogni volta, in uno scontro diretto con un misterioso signore in tunica bianca, probabilmente arabo, alzandosi da tavola, lanciando un pugno chiuso verso il cielo e gridando «evvai!», senza usare la palettina d'ordinanza.

Questa sua esuberanza accende l'entusiasmo della sala.

Guardo da fuori questo momento surreale, tutte queste persone eccitate da puntate sempre più alte, mazzette di soldi in taglio extra large che gridano al mondo chi ce l'ha più grosso.

Non voglio dare un giudizio negativo su quello che mi accade intorno, né giudicare: alla fine questi soldi andranno alla ricerca per l'AIDS, quindi va bene così. Allo stesso tempo non credo che questa sia vera beneficienza in realtà, definita a mio parere da un'imprescindibile segretezza, ma alla fine servirà uno scopo più grande della vanagloria personale. È forse uno dei rari momenti dove penso che il fine giustifichi i mezzi.

«Che strano il valore che diamo alle cose, vero, Marti?»

«Non devi considerare questa situazione, qui tutto è falsato.»

«Al di là di quanto possiedi, io dico proprio l'importanza delle cose. Il significato che hanno per noi.»

«Pensa che una delle cose più preziose che ho è una rosa bianca spanata ormai secca. Sono messa proprio bene!»

Mi fa l'occhiolino mentre appoggia alle labbra la flûte dorata. La sfioro con la mia gamba, sotto il tavolo, sono qui.

«Sto pensando che in realtà non possediamo nulla, sai? Abbiamo solo tanti oggetti in prestito. Niente è legato a noi per sempre. Siamo solo temporanei custodi, possono contribuire alla nostra felicità, ma non la determinano. La vita è esattamente come qui, una grande asta.»

«Lo dici a me che vivo di abiti in prestito? Però quella rosa è solo mia.»

«Ma quella non è un oggetto. Quella rosa è un simbolo.»

Ho letto un libro, *Ninna Nanna* di Palahniuk, che a un certo punto parlava di armadi, di quanto custodiscano le nostre cose e ne siano i veri proprietari, che superano i nostri limiti temporali, che traghettano da una persona a un'altra quantitativi di oggetti, immortali o per lo meno più duraturi di noi.

Qui intorno a me si fa una gara di oggetti.

Oggetti che ti identifichino, che ti coprano di un valore aggiunto, che spieghino agli altri chi sei, a cui ci leghiamo inutilmente, in modo viscerale.

Oggetti che spesso sostituiscono le persone, che arrivano prima della nostra essenza, la coprono ad arte.

Oggetti con cui ci difendiamo dal giudizio impietoso della comunità che ci ospita.

Oggetti che offuschino il nostro intrinseco bisogno di dare un significato a questo passaggio sulla terra.

Oggetti che spesso ci allontanano dal contatto con la realtà, che pretendono da noi un senso di responsabilità, di appartenenza coatta all'immagine che si ha di noi.

Oggetti che pensiamo di possedere e che in realtà ci possiedono.

Oggetti che ci rendono schiavi dell'idea che ci siamo fatti di noi, del ruolo che ci attribuiscono gli altri, nel tentativo disperato di esserne sempre all'altezza.

Oggetti di cui conosciamo sempre il prezzo, quasi mai il valore.

Marti ama gli oggetti, ne ha una fascinazione estetica assoluta. Lo vedo da come li sistema in casa. Ma non ne è mai sopraffatta. Le piace regalare le cose. E questo ti dice molto di una persona.

«Voglio liberarmi dell'idea che mi sono fatto di me. Voglio liberarmi dell'idea che ti sei fatta di me.»

«Che vuoi dire, Fra... mi piace che siamo a una serata di beneficienza e tu sei in totale delirio filosofico, un mare di seghe mentali. Però almeno si parla di qualcosa che non sia la maison del mio abito. Non mi chiedono altro.»

«Scusa, ma è un Valentino? Comunque intendo dire che vcglio liberarmi dello standard che devo mantenere, da questo bisogno di definirmi per quello che ho fatto o quello che faccio, per quello che ho o per quello che perdo.»

«In che senso?»
«Qui tutti ti guardano solo nel tentativo di definire quale gradino nella loro scala di priorità occupi. Se e quanto gli puoi servire.»
«Sì, ma fa un po' parte del gioco, no? Credi che nella moda sia diverso?»
«Boh. Però ho deciso che voglio fare un sacco di sbagli, non voglio seguire il sentiero giusto delle cose che bisogna fare, ma voglio trovare il mio sentiero perdendomi e perdonandomi, lasciando la mia impronta su una strada mai percorsa prima.»
«Mi sembra un ottimo proposito. E ti starò accanto. Ma possiamo perderci e perdonarci subito dopo la mousse di fragole?»
Rido. «Sei stupenda. Sarà un piacere perdersi con te. Dopo la mousse.»
Mentre il tasso glicemico del mio corpo raggiunge vette ineguagliabili, faccio propositi di vita. Nessuno mi priverà del piacere di sbagliare sentiero con le mie gambe, di scappare da ogni possibile definizione, di fare le scelte solo perché mi piacciono e non perché rispondono alla definizione che altri hanno di me.
Nessuno mi priverà dell'enorme lusso di andare in smoking a una festa blasonata e la mattina dopo salire su un tram in tuta, senza per questo sentirmi inadeguato.
Nessuno mi priverà dell'enorme piacere di raccontarmi per quello che sono e non per quello che ho o che faccio.
«Sai qual è la cosa più divertente, Marti? È che non ho nulla. E che non mi manca niente.»
«Potrei dire una roba super mielosa. Ma non lo farò.»
La guardo, e davvero ho tutto.
Questa ragazza mi toglie il fiato. Non ho nemmeno mai avuto il tempo di litigare con lei.
È la mia Psiche, la mia Habibi, la mia Lucia.

No, di più, è la mia Anamì, la dea del mare, degli innamorati e dei pescatori di perle.

La dea del non respiro, dell'apnea.

Quell'apnea di chi si bacia, quell'apnea di chi con un coltello in bocca si getta in mare, a ogni immersione rischia la vita per ottenere la purezza bianca di quel regalo oceanico.

Di chi, in apnea, si immerge in questa vita, ne scandaglia le sue profondità alla ricerca del tesoro che racchiude.

Di chi, nudo, nella sua verità, sceglie di rischiare per ricercare quel piccolo concentrato di bellezza che ognuno di noi preserva dal resto del mondo.

Fino a quando non ha la forza di rischiare il tutto per tutto, trattenere il respiro mentre le vene sembrano scoppiare, con i polmoni risucchiati nello sterno, di raggiungere la sua identità più autentica e di mostrare il suo tesoro vulnerabile e perfetto.

Te lo dicono da quando sei bambino: «La vita è fatta di scelte».

Si può scegliere se pescare con le reti per mangiare o cercare le perle con il coltello fra i denti.

Si può scegliere se sopravvivere o brillare.

Ce ne andiamo, dopo essere stato costretto a rientrare in me.

Tutto in testa stasera, manco fossi in un tempio buddhista a digiuno e meditazione da una settimana. Usciamo mentre la guardia all'entrata fa un cenno con il capo.

Non so perché, ma il mio momento preferito è proprio questo: tirati a lucido, in smoking e abito lungo che passeggiamo per Milano, tornando a casa.

Lasciamo libero l'autista a Porta Romana. Da qui proseguiamo a piedi. Come la prima sera, ma più eleganti. Senza bisogno di parlare, senza intrattenere, solo noi.

Esistere adesso, accorgendoci di farlo.

Una vecchina porta a spasso il suo cagnolino a quest'ora improbabile.

Io ho trovato una perla. Anche questo non era affatto probabile. Ma è capitato.

E me lo voglio godere fino in fondo.

Eccolo il fondo. Parigi, un altro passo, sempre più giù. Altro che apnea.

Passo ventitré

Vedo la porta da lontano.

Il legno chiaro tende al rossiccio.

Lì dietro ci sei tu.

Quella porta banale diventa il passaggio obbligato nella mia nuova dimensione.

Una volta entrato, niente sarà come prima.

Fabri mi ha chiesto se sia giusto per me vederti. Vederti così.

Lui, sua mamma non l'ha vista, nemmeno è andato al funerale, che lei diceva sempre che non lo avrebbe voluto. Lui vuole ricordarla così come era in vita, allegra, truccata e sempre a posto.

Io devo vederti. Ho bisogno che la vita me lo sputi in faccia quello che mi ha tolto.

Ho bisogno di uno schiaffo che mi riporti alla realtà.

Ho bisogno di rendere reale la tua assenza.

Ogni tre secondi penso di mandarti un messaggio.

Poi mi ricordo che mi hanno rubato il cellulare.

E solo dopo che tu non lo leggerai.

Mi distraggo ogni volta che passa qualcuno col volto stravolto dalla situazione e penso che dopo te lo voglio raccontare che faccia aveva.

Che la disperazione è sempre un po' ridicola, quella degli altri, da fuori.

E io e te sappiamo ridere del ridicolo.

E della tristezza.

E dei funerali.

Avevamo già parlato dei nostri. Di come li volevamo. Io con il mio video proiettato sui maxi schermi perché per una volta in cui sono il protagonista assoluto dello show non voglio farmi togliere lo spotlight da nessuno. E tu che non volevi nessuno vestito di nero, che il nero non è una scelta ma un compromesso, tutti colorati li volevi. E con quella canzone di Giorgia, quella delle gocce di memoria, che devono piangere tutti come in una soap opera sudamericana, dicevi.

«La vita non è una tragedia in primo piano, ma una commedia in campo lungo.»

Bravo Rossellini, c'avevi proprio ragione.

Me lo ricordo ancora quel pomeriggio, in quel tavolino di Monti, con un tè caldo tu e un mojito io.

«Ho ricevuto una email strana oggi. Una ragazza» ti dico.

«Le solite "ciprendiamouncaffè"?»

«No, una roba triste.»

«Ah, scusa non avevo capito. Cioè?»

«Dice che mi segue da tanto e che le inspiro molta serenità. Dice che mi vede un po' come suo fratello maggiore.»

«Be', è una cosa carina.»

«Dice che di notte, da sola nel suo letto si confida con me, così sussurrando nel buio. E dice che secondo lei io la ascolto.»

«Tenera...»

«Dice che il 23 c'è il funerale di suo papà. E le farebbe piacere se andassi.»

«Impegnativo…»
«Che devo fare?»
«È una cosa un po' grande, amore. Te la senti?»
«Non lo so. Ma sento che è giusto che vada.»
«Allora vai.»
«Vuoi venire con me?»
«No. Vai per lei. Tu, da solo. Quando?»
«Domani.»
E quel domani a un certo punto diventa oggi.
Ho paura.
Paura di andare lì mosso più dal desiderio di sentirmi una "brava persona" che da altro.
Paura di non saper stare di fronte al dolore, di tuffarmi nei luoghi comuni della circostanza.
Paura del mistero della morte.
Ma alla fine metto la paura da parte, le gomme nuove alla macchina che avevo pure bucato, parto.

Oggi ho visto tante cose.
Oggi vedo cappotti scuri e ombrelli colorati.
Oggi vedo la forza e la fragilità nello stesso delicato profilo.
Oggi vedo tre ragazze ridere sotto la pioggia.
Oggi ricevo un grazie che ringrazierò per sempre. E a quel grazie rispondo grazie.
Oggi parlo poco, che non serve, la vita è già piuttosto esplicativa da sola. Devo imparare a stare sempre più zitto.
Oggi vedo una bambina che profuma di donna, che non sarà mai più la stessa. E che è pronta a spiccare il volo.
Oggi vedo una ragazza capace di essere grata alla vita proprio quando la vita sembra ingrata. Il che mi fa pensare a un miracolo.
Oggi vedo una donna che mantiene le promesse del cuore oltre le umane ragioni e che parla dell'amore in un modo

che non lascia spazio al dubbio. Questa donna sa evidentemente di cosa parla.

Oggi vedo tanti volti piangere e tanti volti ridere. Poi mi accorgo che sono gli stessi a fare entrambe le cose.

Oggi riconfermo la mia teoria: l'amore segue la proprietà transitiva dell'uguaglianza.

Oggi avverto la sovrumana potenza di un abbraccio.

Oggi ascolto una canzone che conosco benissimo e mi sembra di non averla mai sentita prima.

Oggi tutto è nuovo. Tutto è grande.

Oggi ho capito che per dare un senso alla morte è necessario dare un senso alla vita.

Mentre torno, in aereo, c'è un film di un'orca che dopo aver vissuto nei limiti della sua vasca trova la via per il mare aperto. E diretta verso la libertà dell'oceano si volta indietro per guardare con dolcezza la vasca che l'ha vista crescere e chi le vuole bene. E sicura di questo bene prende il largo.

Siamo tutte orche in cattività. Viviamo nella vasca dei nostri limiti, delle costrizioni. Poi succede che qualcosa di sconvolgente ci dona la libertà.

E la vita comincia lì, quando nuotiamo verso il mare aperto.

È un viaggio che faremo tutti, prima o poi. È necessario passare del tempo in questa vasca per imparare a nuotare bene. Ma la grandezza del nostro viaggio comincia dopo, quando andiamo liberi in mare aperto.

Ora William, il papà di Mariachiara, nuota nell'oceano, finalmente libero.

Free Willy, penso. Il fatto che non lo vediamo è solo dovuto all'immensità del suo nuovo ambiente.

Ma se stiamo in silenzio sentiremo la sua voce, il canto delle balene.

Oggi, quando sono arrivato, mi sono messo nella navata laterale della chiesa.

Lei mi ha sentito, non so come. Mi ha guardato e mi ha sorriso, con un'intensità assoluta.

Non le avevo dato conferma della mia presenza, non sapevo come dirglielo. Ho deciso che avrei agito e basta. Lei lo sapeva. Lei sa tante cose, tutte quelle che il dolore ti fa capire.

Per anni mi è stata sulle palle la teoria che dal dolore derivi ogni conoscenza. Oggi la cosa mi è chiara e lampante. Passa tutto da lì, è la lente che ci permette di codificare il mondo, che corregge la nostra miopia esistenziale.

Mentre mi guardava ho riflettuto che è più facile e immediato pensare che le cose vadano male piuttosto che bene.

Forse per abitudine, forse per paura dell'illusione.

Forse perché essere felici è una grande responsabilità.

Mariachiara era lì con sua mamma e sua sorella. Fiera e dolorante. Accoglieva la vita e tutti i suoi casini con le braccia aperte. Ha scelto di vedere anche in quella situazione il bene.

La soluzione sta nella pazienza, credo.

La pazienza di aspettare che tutto quello che ci meritiamo ci venga riconosciuto. La pazienza di credere fermamente che se le cose non arrivano subito non significa che a nostra insaputa non stiano accadendo e che le scopriremo solo quando sarà giusto. La pazienza di fidarci di un disegno più grande di noi.

«Ehi, allora quando torni?»

«Adesso, Marti, sono appena atterrato, prendo un taxi e sono da te.»

«Come stai?»

«Benissimo. È stata una cosa grande.»

«Hai fatto una cosa grande.»

«No, io niente. Ho solo ricevuto un regalo.»

«Fai presto che mi manchi.»

«Sì. Mi manchi anche tu. Che bello, no?»

«Sì.»

Mi manchi.

Passo ventiquattro

24.000 baci di Celentano mi scoppia dritto nell'orecchio, a tutto volume.

Ieri notte sono arrivato tardi, ci siamo infilati diretti a letto. Non volevi perdere neanche un minuto oggi, ottimizzando il tempo insieme.

«Ma ti pare una sveglia da mettere?»

«Che ne so… è in modalità shuffle… capita a caso quello che ti sveglierà.»

«Niente è a caso, baby.»

«Ancora questa storia?»

«Sì. Comunque, dato che niente è a caso e che come dice la canzone "corrono le ore"… colazione?»

«Apri le tende. Se c'è il sole, sì…»

«Amore, abito a Roma, il sole c'è sempre…»

«Apri.»

«Che ti dicevo. In piedi, piccolina…»

«Ti va sempre bene a te.»

La luce del mattino di Roma mi dà il buongiorno.

È una giornata troppo bella per perdere tempo a prepararsi. Mi sciacquo la faccia con acqua fredda, senza sapone, lavo i denti, mi infilo le scarpe senza calzini e il cardigan direttamente sopra il pigiama, quello che mi hai regalato tu, talmente spesso e largo da sembrare un abbraccio. Ti prendo per mano e ti trascino fuori.

«Dai, Marti, sbrigati. Usciamo così, non c'è tempo!»

«Ma per cosa?»

«Non c'è tempo da sprecare quando c'è questo sole, no?»

Uscire dal portone con te mi dà allegria, gratis.

L'idea che il quartiere sappia che sei la mia donna mi rende fiero. Gratis anche questo.

C'è un sacco di roba gratis, oggi.

«Buongiorno, biondo!»

Ci fermiamo a fare colazione da Viola, che adesso conosce anche i tuoi gusti e appena ci vede arrivare grida con fare sicuro al ragazzo dietro il bancone: «Un caffè senza latte per il biondo, che è intollerante, e per la signorina un caffè lungo e un croissant, integrale al miele... giusto?». E mi fa l'occhiolino.

Sorridiamo, in due minuti la colazione è servita.

Io la ringrazio e le dico la verità. Che il suo saluto mi cambia la giornata e che la mattinata inizia veramente dopo il suo "buongiorno, biondo" pieno di entusiasmo.

Sorride anche lei.

«Però adesso è ora di andare, Marti, dai...»

«Ma cos'è oggi tutto questo entusiasmo? Viola, diglielo tu! Mi deve lasciare in pace almeno per due ore da quando mi sveglio. Almeno finché non bevo i primi tre caffè!»

Ma lo dici ridendo. E tanto lo sai bene che quando decido di fare qualcosa non mollo. Viola sorride e fa un gesto con la mano.

Alla radio passa un pezzo di Jason Mraz, *Hey love*, lo prendo in prestito per noi.

«Hey love, andiamo... Daiiiii c'è il sole!»

Mi piace l'idea che l'amore vada chiamato. Che lo vedi passare, un po' di fretta, gli dai un colpetto sulla spalla e gli suggerisci: «Ehi, sono qui!».

Chissà quante volte mi è passato di fianco e non me ne sono accorto, impegnato com'ero in cose meno importanti, completamente concentrato sul superfluo, l'ho lasciato andare via.

Ma ora è qui al mio fianco.

L'ho chiamato per un bel po' di anni, ho sbagliato persona più di una volta, ma poi alla fine mi ha ascoltato. Eccoti, sei qui.

«Ho visto un film la settimana scorsa, mi sembra fosse di Riccardo Milani.»

«Bravo lui, mi piace.»

«C'è una scena troppo carina in cui la Ramazzotti si scontra al rallenty con Tirabassi. Potrei sbagliarmi gli attori, ma mi pare fossero loro due.»

«Il titolo manco te lo chiedo, vero?»

«Lo sai che non mi soffermo su questi dettagli, Marti, non c'ho abbastanza capienza in 'sta testa.»

«Va be', comunque si incontrano e...?»

«S'incontrano e parte una musica super emozionale e un voice over: le persone con cui ti scontri per caso sono persone che in realtà hai conosciuto in un'altra vita. Le vostre due anime, riconoscendosi, si sono volute toccare ancora una volta.»

«L'ho già sentita, credo sia un antico proverbio buddhista.»

Sicuramente l'antico proverbio buddhista era molto meglio, con parole più belle, ma il succo era quello.

«Sono uscito dal cinema con questa frase scolpita nella testa. Da quel momento, ogni volta che mi scontro per strada con qualcuno, mi volto e lo guardo.»

Ti guardo e cerco di capire cosa potevamo essere nella vita

precedente, cosa rappresentavamo l'uno per l'altro. Spesso mi chiedo se ci rincontreremo nella prossima.

«Chissà, Marti...»

Passiamo tutta la giornata a Villa Sciarra, i nostri sabati fatti di libri e plaid, sdraiati sul prato, io con la testa sull'erba e tu sulla mia pancia, che «così non mi sporco i capelli!».

Poi, raccogliendo la leggerezza di una giornata senza impegni, torniamo a casa.

Sprofondiamo nel solito divanone grigio-blu, ordiniamo una pizza e mettiamo su un film.

Pizza-film-gelato. Il mio trittico perfetto.

Casa mia, di notte, è molto rilassante.

Anzi, casa nostra, quella di Roma.

È una casa da notte. Durante il giorno non è così bella.

Ma di notte sì, di notte c'è un silenzio avvolgente e le luci soffuse delle candele.

È una casa morbida.

«Vado a nanna» sussurra Marti, che già dormiva sul divano.

«Vengo anch'io, che mi piace addormentarmi addosso a te.»

Ci mettiamo a cucchiaio, contenendoci. La mia posizione di pace con il mondo. Sono convinto che quando siamo così non possa accadere nulla di male. Anche se venisse il terremoto, l'alluvione o il meteorite noi saremmo protetti, ne sono certo.

Mi addormento in un attimo con il naso nei tuoi capelli e le labbra appoggiate sul tuo collo, le braccia da dietro che ti allacciano a me.

Dormo profondamente io, non mi sveglierebbero nemmeno le cannonate. Non russo, grazie a Dio, ma di tanto in tanto parlo.

Grandi discorsi sconnessi, se mi fai una domanda rispondo, mi dicono.

Quando ero piccolino camminavo in giro per casa e talvolta succedeva che aprissi i cassetti del comò per farci pipì. Una pagina del mio passato che cerco di dimenticare.

Ma stanotte no. Stanotte qualcosa non va.

Mi alzo di soprassalto, credo un incubo o qualcosa del genere. Faccio per abbracciare Marti.

Non c'è. La sua orma ancora calda disegna le lenzuola bianche. Che succede?

Cerco il cellulare sul comodino. Non c'è. Dove lo avrò lasciato ieri sera?

Vado in salone, piano, senza far rumore. Che poi non mi spiego tutta questa suspense. Sarà andata in bagno. Forse ho visto troppi film.

E in effetti da sotto la porta del bagno filtra la luce.

«Marti, tutto okay?»

La voce è sorpresa, un po' imbarazzata. Avverto che sta mascherando.

Cosa succede?

«Sì, sì, tranquillo, arrivo.»

«Ehi, lo so quando mi dici una bugia. Lo capisco subito.»

«Ma che dici… vai a letto!»

«No. Aspetto qui. E ti voglio guardare negli occhi.»

Marti esce con lo sguardo basso. Silenzio.

«Ho fatto una cavolata. Lo so, mi dispiace.»

«Okay, pensi anche di spiegarmela?»

La tensione mi smorza il respiro. È la prima volta che tra noi salta fuori un segreto.

Non mi guarda ancora in faccia. Da dietro la schiena tira fuori la mano. La apre. Il mio cellulare.

«Perché?»

«Perché sono orribilmente gelosa. Da malattia.»

«Ma perché?»

«Non dipende da te. Lo so che sei bravo. Ma sono rimasta scottata dalla storia precedente. Una volta siamo andati a ballare e l'ho beccato in un bagno con una tipa. È stato terribile.»

«Ma quello di prima non esiste. Adesso ci sono io.»

«Sì, ma la tua storia te la porti dietro.»

«Questa cosa mi ferisce, Marti, lo sai?»

«Sì, e mi scappa da ridere. Non so perché. Scusa. Ma mi viene da ridere.»

«A me no.»

«Invece sì, anche a te.»

«Okay, anche a me, ma cazzo, no, sono arrabbiato! Cazzo. Smetti di guardarmi così!»

«Scusa, panzerotto. Scusa davvero.» E mi dà un pizzico sulla pancia.

«Panzerotto? Per rimediare a questa cazzata mi chiami pure panzerotto?»

«Sì. Scritto panzer8. P8 in codice, per noi. Ecco il tuo soprannome. Piotto.»

«Tu sei fuori. Sei proprio fuori. Da quanto tempo ti fai 'ste nottate da CSI?»

«La prim...»

«Marti, la verità.»

«Okay, tutta la verità. Poi però non ne parliamo più e io mi impegno a fidarmi ciecamente di te, okay?»

«Spara.»

«Dal secondo mese. Da quando ho capito che ero innamorata di te. Insieme all'amore è arrivata la paura di perderti. Non riesco ad amare senza avere paura.»

«Ma cosa pensavi di trovare?»

«Un motivo per non fidarmi di te, per lasciarti, per poter dire te l'avevo detto che non dovevi fidarti, te l'avevo detto che sono tutti uguali, te l'avevo detto che con un attore era sbagliato in partenza. Qualsiasi cosa. A volte penso di non meritare questo amore, che sia troppo, che di punto in bianco crolli tutto.»

«E cosa hai trovato?»

«Nulla, cacchio. Sei veramente serio. Orribilmente! Mi sono fatta pure un profilo finto di Facebook per provarci con te. Nelle prime tre battute mi hai detto che eri fidanzatissimo. Ma ti pare? Manco te lo avevo chiesto!»

«Come ti chiamavi?»

«Olga. Mi sono fatta pure straniera, svedese. Che a te piacciono.»

«Sei fuori. E comunque ti pare che ti tradisco con una che sia chiama Olga?»

Cacchio, mi scappa troppo da ridere. Devo mantenere il mio atteggiamento da duro sofferente, fermo nelle mie posizioni. Poi mi domando, perché? Vogliamo cominciare proprio ora i giochi di potere, quando non li abbiamo fatti nemmeno all'inizio?

Quindi, okay, rido.

«Sei una scema. Lo sai?»

«Sì.»

«Test superato comunque, no?»

«Alla grande, Piotto.»

«Piotto non mi piace.»

«Non è vero. Piotto ti piace un sacco, ma ora fai un po' quello arrabbiato e dici di no.»

«È vero, okay, vada per Piotto. Piotto è un po' incazzato.»

«Marti lo sa e promette che non lo farà più. E che Olga muore in questo secondo. Cancellata.»

«Ma poi come ti viene in mente di chiamarla Olga! È davvero un nome di merda!»

«Lo so. Forse in fondo speravo di poter dire te l'avevo detto che era quello giusto.»

«Vieni, scemetta. Andiamo a dormire.»

Torniamo a letto, ma non dormo. Penso.

È arrivato il momento del bilancio della storia? No, non sono da bilanci. Però sì, voglio segnarmi le cose belle che sono successe finora. Così 'sta roba che mi controlla il cellulare la elimino dall'archivio, un contro sommerso dai plichi di pro.

La lista che tiene insieme due storie.

Ti ringrazio, Marti, per un sacco di cose. Me ne rendo conto, a volte non le dico, ma nella mia testa le segno.

E le elenco ora, qui, come se tu potessi ascoltarmi, perché era giusto le sapessi, perché quella notte me le sono tenute per me.

Grazie per quando mi sei stata vicina senza pietà.

Grazie per quando hai usato una feroce ironia anche quando la morale comune lo sconsigliava.

Grazie a tutte le nuove scoperte che abbiamo fatto insieme e alle grandi conferme.

Grazie per quando mi hai ferito e mi hai dato la possibilità di trovare la forza di non reagire con rabbia.

Grazie perché mi fai da specchio.

Grazie ai modi assurdi in cui la vita ti parla attraverso te.

Grazie per quando mi sfiori con l'amore stretto in una mano. E per quando lo lasci andare.

Grazie delle lettere scritte a mano.

Grazie perché cambi per essere sempre più te stessa.

Grazie dei sorrisi e degli occhi che luccicano.

Degli occhi che piangono e che dopo due minuti ridono.

Grazie dei momenti di pausa, di confusione, di smarrimento. E grazie per quando insieme ritroviamo la via.

Grazie perché mi ascolti veramente e mi parli guardandomi, che in quel momento ci sono solo io.

Grazie perché mi fai ridere.

Grazie perché quando sei lontana riesci comunque a starmi vicino.

Grazie perché mi hai detto «non pensavo fossi così» e perché sei riuscita a cambiare opinione.

Grazie perché te l'avevo detto che ero quello giusto per te. Grazie perché quando lo hai detto mi hai tolto il fiato.

Grazie alla mia parte stupida e superficiale a cui sono terribilmente affezionato.

Grazie alla mia parte profonda che ogni tanto ora fa capolino.

Grazie di ogni abbraccio, bacio, carezza reale o virtuale. Arrivano tutti comunque.

Grazie a te, Marti, che hai reso leggere le mie parole e le hai portate, nel vento, lontano.

Passo venticinque

«Venticinque chili di sovrappeso. Marti, non è possibile.»

«Siamo stati in giro tutta l'estate. Avevo bisogno di ricordare tutto.»

«Ho capito, amore, ma venticinque chilogrammi!»

«Quasi tre mesi, è il peso di tre mesi di ricordi.»

«Sì, ma ora come glielo spieghi in aeroporto?»

«Qualcosa m'invento. Oppure più semplicemente pago. Così capisci quanto sono disposta a pagare per il ricordo di questa estate con te.»

Abbiamo trascorso tutta l'estate insieme, tre mesi interi, ogni singolo giorno. Abbiamo dormito insieme tutte le notti, abbracciati, in case sempre diverse, senza un programma, solo una macchina, delle strade nuove e nuovi occhi per guardare il mondo. È stata l'estate più bella della mia vita.

«Aspettami qui fuori con questo borsone. Che non lo faccio vedere alla tipa del check-in e poi lo imbarco di nascosto.»

«Tu sei fuori. Completamente, assolutamente, totalmente fuori.»

«Fai il bravo, Piotto.»

«Comunque non ho più la pancetta. Sono dimagrito.»

«Sì, ma rimani Piotto forever.»

«Vai va'.»

Entra. Tempo dieci minuti ed esce. Con il trolley.

«Ti hanno beccato vero? Non ti fanno imbarcare.»

«No, non mi fanno imbarcare.»

«Te-l'-avevo-detto!»

«Non ho nemmeno chiesto di essere imbarcata.»

«Eh?»

«Ho pensato che salto le sfilate di settembre. Tanto sono sfilate donna e io lavoro a *Vogue Homme.*»

«Marti, ma è il tuo lavoro, non le hai mai saltate.»

«Sì, ma prima non c'eri tu. Ho spostato il volo di una settimana. Un'altra settimana insieme. Ho pensato che tre mesi appiccicati non fossero abbastanza.»

«Lo ripeto, tu sei fuori. Per fortuna lo sei!»

«Contento, Piotto?»

«Sì. E comunque ribadisco, non ho più la pancia.»

«Te la faccio tornare io in una settimana.»

Mi hai regalato l'ultima settimana della tua vita, ci penso mentre giocherello con il cordoncino della felpa.

Mi chiedo se una parte di te avvertiva che il tuo tempo era scaduto, se sapevi già tutto.

L'ultima settimana della tua vita, che regalo.

Ti ho baciato nel piazzale davanti a Fiumicino.

«Ti porto a mangiare al mare. Conosco un posticino carino, terrazza vista mare e uno spaghetto allo scoglio che è una meraviglia! Hanno anche le tovagliette di carta porosa più grandi del mondo, che posso disegnarci la Divina Commedia.»

«Te lo avevo detto che con me saresti tornato in fretta il mio P8.»

Lo troviamo miracolosamente aperto, anche se è ottobre, anche in mezzo alla settimana. Ci siamo solo io e te.

«Visto?» sorrido, alzando le tovaglie di carta da macellaio. «Dopo ci faccio sopra un disegno.»

Ti disegno quello che vedo io, anche se non è fedele alla realtà.

È fedele alla mia di realtà.

Sauté di cozze e spaghetto allo scoglio, siamo un cliché del pranzo al mare.

Il sole è morbido, scalda ma non troppo. Il vento pure, non scompiglia ma accarezza.

Tu davanti a me sei la cosa più giusta di sempre.

«Momento confessione?»

«Okay, vai Piotto. Grandi rivelazioni in arrivo...» e appoggi il calice di vino bianco alla tempia, mi guardi inclinando il viso.

«No, nulla di che. Però ci stavo riflettendo quando facevi il falso check-in. E comunque è un'ammissione molto personale, non voglio che la prendi male. Okay?»

«Okay.»

«Prima dell'estate, quando sei salita sulla mia macchina e abbiamo deciso di girovagare senza alcuna meta ma ovunque avessimo voglia di andare ho pensato una cosa.»

«E già questo è di per sé un evento! Dai, scusa, scherzo, lo sai che la battuta non riesco a trattenerla.»

«Mmm. Comunque, pensavo: okay, ora ci facciamo l'estate poi ognuno per la sua strada. Non ho mai creduto troppo alle relazioni a distanza, e Parigi non è esattamente dietro l'angolo. Non è dall'altra parte del mondo, ma ogni volta è uno sbattimento.»

«Sì, poteva anche andarti peggio comunque...»

«Ma poi c'è stato tutto il resto, la Maremma, Saint-Tropez, Cefalù, Pantelleria e anche il tempo passato a Roma insieme, a casa mia, come se convivessimo per davvero...

boh. Ho pensato che con te ci sto proprio bene. E che della distanza tra Roma e Parigi non mi importa più nulla. E ho pensato che l'Alitalia va risanata in qualche modo. E che se tutti si innamorassero a distanza sarebbe risolta la cosa del fallimento. Io lo faccio per le hostess e tutti quei bravi piloti, no? E ho anche pensato che siamo davvero una bella coppia. E che voglio stare con te. A tempo indeterminato.»

Tutto d'un fiato, a macchinetta. Pausa.

«Confessione due?»

«Spara.»

«Ho pensato esattamente la stessa cosa. Ma proprio uguale sai? Estate e poi ciao.»

«E adesso?»

«Adesso anche io, tempo indeterminato. Di più, penso al tempo pieno eh, mica ti concedo il part-time!»

«Ho anche pensato al trasferimento. Non so se mio o tuo. Ma al trasferimento.»

«Sì, sono da considerare un po' di cosette, ma non lo escludo nemmeno io.»

«Ti ricordi quando mi hai detto che scommettevi su noi due? In quella stanza di quell'alberghetto di Firenze, davanti al Duomo.»

«Firenze, ore 21:37, stanza con le pareti gialle, le peonie sul tavolino con due bicchieri, uno champagne offerto dalla casa e fuori dalla finestra il marmo intagliato della facciata laterale sinistra di Santa Maria del Fiore. Sì, direi che me lo ricordo!»

«Io ci scommetto ancora su noi due. Tanto.»

«Eh, mi sa che è la prima volta nella tua vita che va a finire che vinci qualcosa, Piotto.»

«Be', ho sempre puntato al primo premio. Quelli intermedi non mi interessano. Che la vacanza di una settimana tutto spesato alle Terme di Salsomaggiore me la posso anche evitare.»

«Non sai che ti perdi. Magari alle terme incontravi la donna della tua vita.»

«Magari l'ho già incontrata.»

«Prima di conoscerti pensavo che tutto questo fosse impossibile. Mentre ero in aeroporto, aspettando che mi cambiassero il volo, c'era un bigliettino, sai? Un depliant pubblicitario. Non ricordo nemmeno di cosa. Mi ha solo colpito la parola *IMPOSSIBLE*, scritta a lettere cubitali rosse.»

«E allora?»

«Allora avevo sbagliato a leggere. E non mi capita mai. Ho letto *I'M POSSIBLE*. Mi ha fatto ridere. È impossibile solo ciò che pensiamo lo sia. Per la prima volta penso di non essere dalla parte dell'impossibile. Sono io che decido cosa leggere, e leggo *I'm possible.*»

«Se qualcuno ci sentisse, ci prenderebbe per matti, ne sei consapevole?»

«Sì. E ne sono fiera.»

«Due parole. Quelle due, adesso.»

«Quelle due.»

Sta tutto nel dividerci a metà per divenire veramente un intero.

Sta tutto nel guardare chi hai di fronte strappandoti i brandelli di un narcisismo che copre la vista.

Sta tutto nel capire chi cavolo siamo.

Sta tutto in un sauté di cozze e uno spaghetto allo scoglio in riva al mare.

Sta tutto nel capire che in tutto quello che ci dicono gli altri, c'è del vero, ma va filtrato.

Sta tutto nel capire che la verità non esiste.

Sta tutto nell'immensa saggezza del punto in comune, di quel punto di assoluto posto chissà dove, nel quale gli opposti coincidono, il bianco e il nero sono lo stesso colore, dove 1+1 fa 2, ma anche 3, 4, 7, dove io e te siamo insieme e lontani.

Sta tutto nella lacrima che si scioglie nella piega di un sorriso, nella dolcezza di una fragilità, nella fermezza di una posizione, nella chiamata che non arriva, nella lettera mai scritta, nel messaggio che sta lì, ma tanto non lo inviamo.

Nelle risposte che barcollano incerte nell'etere delle nostre percezioni.

Dicono che se si spacca un vaso poi non ci sarà modo per farlo tornare intero.

Dicono che solo dalle crepe, però, può entrare la luce.

Cammino per un corridoio che sa di niente. Spaccato.

Chissà cosa uscirà fuori da tutto questo. Chissà. Non riesco nemmeno a decifrare come mi sento.

Fuori dalla finestra è tutto sfasato. Tutto fuori stagione.

Come quei bagni al mare, a ottobre, quando si chiude l'estate.

Lo stabilimento balneare sulla battigia del mio cuore deve ridipingere lentamente i muri incrostati dalla sabbia di un'estate appassionata e di un inizio inverno temporalesco che ha portato via pezzi interi di vernice dai muri arancioni, demolendoli in parte.

Gli ombrelloni sono tutti da aprire, da risistemare in un geometrico ordine lineare, che serve a dare una prospettiva all'orizzonte di un tramonto.

È un bel casino qui. Chissà se tutto tornerà al suo posto. Chissà se potremo riaprire la prossima stagione estiva.

Non riesco nemmeno a decifrare come mi sento.

Ma forse non ho così bisogno di capirlo. Per adesso.

Del resto siamo fuori stagione, e io pure.

Passo ventisei

Domani ti accompagno all'aeroporto.

Purtroppo domani parti davvero. Non è un grande problema, ci siamo già organizzati. Giovedì faccio un provino e poi ti raggiungo io. Tre giorni separati, possiamo anche affrontarlo.

«Cosa vuoi fare in questo ultimo giorno insieme?»

Ironia della vita. Frasi che nel tempo assumono significati imprevedibili.

«Andiamo a Villa Sciarra?»

«Lo abbiamo fatto mille volte.»

«Appunto. Non c'è nulla di nuovo da scoprire. Solo noi due.»

Sotto un pino marittimo con ambizioni da quercia secolare mi distendo un po' sudato a Villa Sciarra, che il t9 dell'iPhone corregge con villa sciatta. Non ha tutti i torti, è un po' lasciata andare, ma con il sole di questi giorni, l'erba che profuma ancora d'estate e i bambini che giocano fra i vialetti, fa comunque la sua gran bella figura.

Il vento si intrufola fra i capelli di Marti che è bella anche mentre ripete una ridicola filastrocca su un'oca che sta per essere cucinata ma è felice perché non lo sa.

Ha gli occhi che brillano, sempre. E ride.

Con la bocca, con le guance, con le sopracciglia.

Ride con tutto. Anche con le ginocchia.

Non so come fa. Solo che quando mi è intorno tutto ride.

Non ho mai provato rivalità o invidia per Marti. Non è così scontato.

L'invidia ce l'abbiamo un po' dentro tutti.

Consapevolmente o no. Forse è giusto che sia così.

Gli attori la sviluppano fin dall'inizio, come in tutti i lavori che prevedono una competizione, io o te, non c'è molta altra scelta.

Pensiamo subito "quella parte doveva essere mia" o "io avrei potuto interpretarla meglio", anche quando il ruolo in questione è di una badante rumena tossicodipendente oversize e tu sei un quindicenne anoressico in piena eruzione cutanea ormonale.

Siamo fatti così.

Da un po' di tempo almeno me ne accorgo.

E ogni volta che qualcuno mi dice di aver preso un nuovo progetto o un film internazionale faccio un passo indietro.

Mi fermo, riconosco quella canaglia di pensiero "quella partepotevaesseremia" che affiora sulla pelle come gocce di sudore dopo una camminata sostenuta.

Lo guardo che spinge per farsi spazio fra i miei pensieri, per ribadire la sua importanza fra "le cose a cui dare importanza oggi", inquinando il bello.

Mi stacco dal momento contingente, il film che ha preso tizio o caio non esiste più.

Esiste solo l'opportunità che mi viene regalata di migliorarmi come essere umano.

Una piccola prova. Quante ce ne propongono ogni giorno?

Guardo quella persona e cerco (finché la trovo) la gioia per quello che la vita gli ha appena regalato.

E capisco che quel film non poteva che essere suo.

Perché ognuno è destinato alla felicità, per ognuno è pronto il pacchetto "gioia".

Sta a noi essere pronti a riceverlo. Non esiste portineria ad attenderlo, dobbiamo essere noi in casa, pronti a scartarlo.

E credo che l'unico ostacolo a ricevere tutto il bene che meritiamo spesso sia proprio l'invidia per quello che ricevono gli altri.

Non è facile scovarla, individuarla e decidere di combatterla.

Più di una volta ho pensato: *Ma come fa quel coglione a prendere tutti i ruoli?*

Poi ho pensato che magari quel coglione non è poi così coglione, guarda al suo e non si preoccupa di quanto sta ricevendo rispetto agli altri.

Riceviamo tutti quello che ci meritiamo. E nessuno ci potrà mai togliere quello che ci spetta.

Parto da questo e mi metto il cuore in pace. E non ci sono più raccomandati, leccaculo, imposti dalla produzione.

Cioè ci sono ancora, ma non è un mio problema.

Ognuno fa la sua strada in questo mondo e per tutti è piuttosto complicata. Anche per loro.

«Che ne pensi dell'invidia, Marti?»

«Ho un'enorme fortuna. Ne ho sempre provata pochissima. Sono sempre stata molto concentrata sul mio percorso. E questo non ti lascia tanto tempo per ragionare su quello degli altri.»

«E dei raccomandati? Ci sono nel tuo mondo come nel mio?»

«Be', sì. Ovviamente. Ma sai che io ho pure una certa ammirazione per chi riesce a farsi raccomandare? Vacci tu a letto con qualcuno, generalmente non proprio attraente né giovanissimo, per ottenere un lavoro. Ci vuole un bello stomaco, tanto di cappello!»

«Quindi anche se l'editore super capo assoluto di turno ti spinge con tutte le sue forze, tu rifiuterai sempre?»

«Ma certo Piottino mio, ma cosa ti viene in mente?»

«Così, per sapere.»

«Sai di cosa sono sicura? E non so perché ne sono sicura ma è così. Sono certa che nessuno mi potrà mai togliere quello che mi spetta, nemmeno Anna Wintour, Carine Roitfeld e Anna dello Russo messe insieme.»

«E se fosse il diavolo che veste Prada?»

«Le farei i complimenti per l'abbinata girocollo-gonna-décolleté. E andrei avanti per la mia strada.»

«Una donna con le palle...»

«Tu faresti lo stesso. Ci fosse pure Spielberg di fronte. E io lo so.»

«Credo di sì. Poi nella vita bisogna esserci nelle situazioni. Però, voglio dire... di proposte ne ho già rifiutate parecchie...»

«Non fare il figo adesso. Le rifiutiamo tutti, tutti i giorni.»

Villa Sciarra sorride mentre le pigne tamburellano di tanto in tanto il prato a chiazze.

Guardo Marti che è un regalo, sono davvero fortunato a sentirmela ridere intorno mentre la sera cucino zuppe surgelate e verdure al vapore, che poi "come-ci-sentiamo-bene-a-mangiare-sani".

«Mi spiace che domani parti. Tu sei il mio equilibrio costante. Che non è proprio di un attore.»

«Tre giorni? Eddai!»

«Però mi dispiace, okay?»

«Okay, Piottino.»

«Sai quante volte siamo venuti in questo parco? Le ho contate.»

«No, sai io non sono pazza.»

«Ventisei. In meno di sette mesi. Capisci? Credo che sia il nostro luogo del cuore. Insieme a quel gradino di Parigi del primo bacio.»

«Andata. Allora luogo del cuore Villa Sciarra. Segnato.»

«Penso che quelle due parole te le dirò qui, un giorno. O sul gradino. Vediamo dove accadrà il momento T.»

Quelle due parole che non ti ho mai detto.

Passo ventisette

Solo ieri era il nostro ultimo pomeriggio insieme.

Solo ieri mi sembrava scontato poterti parlare, chiamare per nome. Potevo anche non risponderti, fregarmene un po' e poi fare la pace. Ieri avevo molte opzioni con te.

«Torniamo a casa con il tram? Ho un po' freddino…»

Il 27 passa ogni cinque minuti, ma è comunque sempre strapieno. Ogni volta che ci salgo mi viene da fare il verso delle mucche, lo faccio solo nella mente, che la gente mica mi capisce, poi mi prendono per pazzo. Carri di bestiame da portare al macello.

Un po' di anni fa, un ragazzo slavo mi ha detto, con fare arrogante scendendo da un autobus, «devi smettere di guardare tutti male» in un accento improponibile, guardandomi storto. Poi si è voltato e si è disperso fra la gente con quel suo inutile giubbotto di jeans.

Prima reazione: ora gli grido "fatti i cazzi tuoi!".

Seconda reazione: desiderio di picchiarlo, dopo aver saggiamente notato che ero più grosso di lui.

Terza reazione: e se avesse ragione? E se fosse un messaggio che la vita mi sta mandando, tramite questo sconosciuto che probabilmente non rincontrerò mai più?

Non ci accorgiamo quasi mai di quanto diciamo di noi, anche senza parlare.

Io guardavo male la gente, ne avevo paura.

Paura di essere ferito, deriso, attaccato.

Ora tutto è diverso. Ho sempre paura, sia ben chiaro, ma la paura è più debole dell'amore.

Ora tutto è diverso. Marti mi ha dato la forza di sentirmi costantemente amato.

«Senza biglietto?»

«Dai, tanto sono solo due fermate.»

«Dieci a uno che c'è il controllore, stanne certa.»

Da quando ci sei, porto l'amore in giro con me, la mattina me lo metto sulle spalle come uno zainetto e cerco, con forza, di non dimenticarlo mai in un angolo della stanza.

Filtro con la lente dell'amore ogni esperienza, cerco di farlo nei limiti del possibile, è un impegno continuativo.

Tutto si trasforma di fronte ai miei occhi, in un battito di ciglia, in una frazione di secondo. Quel posto che non c'è è sempre stato lì, ce l'abbiamo davanti agli occhi, sfiora le nostre dita, lo odoriamo a occhi chiusi.

Quel posto che non c'è lo creiamo noi.

Non più il grigio, ma i colori.

L'amore fa così, entra e colora.

In quest'anno l'amore mi ha fatto visita, tante volte, tramite tante persone, in modo del tutto originale, ogni volta differente. Una volta che lasci la porta aperta, poi fa tutto lui, fluisce libero.

Non ho più guardato male nessuno e quando l'ho fatto mi sono chiesto perché.

Ti ho visto amore, sai?

Ti ho visto mentre ti affacciavi sul bancone di un sushi semivuoto, mi facevi ridere.

Mentre ti rannicchiavi nei piccoli gesti, nell'ascolto attento di ogni mio insignificante desiderio, nel ricordo preciso degli attimi, nella ricerca costante di un mio sorriso.

Ho capito che c'era sopra quel velo di malinconia inaspettata, quando un particolare banale diventa una vita passata e una piuma ti si posa accanto, leggera.

Allora guardo in alto, sorrido e dico ciao.

Ti ho guardato da lontano quando ti sei allontanato, perché era giusto così, perché a volte si è troppo vicini e manca l'ossigeno. Perché ti voglio nella mia vita, per sempre, ma dobbiamo ristabilire un ordine. E lo stiamo facendo.

Ti ho visto quando sei partito dall'altra parte del mondo e mi sono chiesto perché proprio adesso. E poi ho pensato che anche questa volta tu la sai più lunga di me e smetto subito di provare a capire quello che è un disegno più grande di me. Vai. Però torna, quando puoi.

Tanto io ti aspetto, sai?

E non credere che non abbia notato quando ti nascondevi in un legame che da fuori non potevo capire, così tradizionalmente istituzionale e allo stesso tempo fuori da ogni schema, rafforzandoti ogni giorno della tua diversità, superando il pregiudizio degli altri. Ti ho visto nella vostra fatica e nella vostra tenacia.

Ti ho scovato anche in quei connotati dell'Est. Lì ti eri nascosto proprio bene, ma c'eri.

Ti ho visto in quegli occhi da bambino, quando hai saputo trasformare l'idea che avevi di me.

Ti ho sentito negli occhi del buongiorno detto con un filo di voce, negli sguardi con la coda dell'occhio "dove sei", nella tua paura, nel tuo senso di inadeguatezza, nel timore di perdermi e nel desiderio di essere una persona migliore.

Negli abbracci interminabili, nelle telefonate cretine, nelle ricette cucinate per accogliere, nelle tovaglie a quadretti e nel piacere di radunarcisi attorno.

Ti ho visto raggomitolato nell'abbraccio con il tuo cane, nella simbiosi e nello spostare su un altro essere vivente l'attenzione.

Ti ho sentito nella tua preoccupazione sul mio futuro e subito dopo nel tuo «ma mi fido di te».

Ti ho odorato nella fiducia, nel tuo abbandono e nel mio.

Ti ho visto, sai?

Come mi guardi. Ti riconosco subito.

Sei lo stesso, attraverso tanti occhi diversi.

Mi suona nelle cuffie una canzone dei Negramaro che parla di occhi dentro gli occhi, per caso. Ma tanto il caso non esiste, vero?

Mi siedo a un tavolino, tu sei appena partita, preso i bagagli e chiamato il taxi, tutto insieme, come sai fare tu.

Ho passato due ore al commissariato per i documenti e il cellulare rubato.

E dopo la disperazione iniziale ho pensato che sono comunque fortunato.

E che ti voglio scrivere una lettera.

A mano, carta e penna, come una volta.

Poi a Parigi te la nascondo sotto il cuscino, il giorno che devo tornare a Roma.

Così non dormirai sola quella notte, ma ti abbraccerò come posso, con le mie parole a distanza.

Che la distanza in questa nostra storia è un dettaglio irrilevante e bellissimo che mi permette di misurare quanto mi manchi.

Scrivo.

Passo ventotto

5 ottobre

Mi piacciono tutti quelli che nell'amore vivono le proprie giornate.

Anche io faccio parte di questo gruppo.

E voglio scrivere a tutti quelli del mio nuovo gruppo.

Ma soprattutto a te, Marti, al mio gruppo, al mio tutto.

A tutti quelli che mettono l'amore come priorità.

A chi lo dona alla persona sbagliata e, prima o poi, capisce che per essere amati bisogna amarsi.

A chi si innamora di storie che tutti credono impossibili, e li fa ricredere.

A chi lo ricerca nelle piccole cose di tutti i giorni.

A chi si innamora a distanza e quella distanza la colma.

A chi ama senza pretendere nulla in cambio.

A chi cambia la propria vita e non ha paura di rischiare.

A chi apparecchia la tavola per due, tanto prima o poi qualcuno arriva.

A chi apre gli occhi e si accorge di valere di più di quello che crede.

A chi abbatte il muro della paura e "vada come vada io mi butto".

A chi riesce ad amare un'altra persona così tanto da bastare per entrambi.

A chi si fa dire cose orribili e poi dice basta.

A chi infila la maglietta di chi ama al cuscino e ci dorme abbracciato.

A chi ti dà il buongiorno e la buona notte. Sempre.

A chi fa silenzio tutto attorno per ascoltare il suo cuore.

A chi ti accarezza con una tenerezza tale da farti affrontare il futuro senza alcuna paura.

A chi conserva petali di rosa bianca spanata come fossero oro.

A chi non vuole cambiare l'altra persona, ma si innamora dei suoi difetti.

A chi ti vede come la cosa più bella del mondo anche se ti sei appena rotto il naso.

A chi non ha ancora detto quelle due paroline, che aspetta il momento giusto, ma le pensa, tutti i giorni.

A chi crede in te e non ha paura dei tuoi successi.

A chi ti bacia facendoti scordare del resto del mondo, della crisi, dello spread e della Grecia.

A chi ti sostiene senza dire una parola, ma con gli occhi che parlano.

A chi ti cerca in mezzo a tutti gli altri, ti guarda, ti sorride e continua a chiacchierare.

A chi fa un brindisi e desidera il tuo bene prima del suo.

A chi si accorge della tua luce, prima di te.

A chi è sempre con noi, anche quando non ci sta accanto.

Domani, 7 mesi, 28 settimane, 210 giorni che siamo insieme.

A te che sei te. E mi piace moltissimo.

Piotto

Ce l'ho nella tasca.

La sfioro, la carta sa di vero. Quanto vorrei i tuoi occhi adesso, che mi guardano, sorpresi, "tu non scrivi mai" dicono.

«Greta, ho scritto una lettera a Marti, sai?»

Passo ventinove

Un anno o mille giorni, forse un'ora o 29 secondi.

Che importa il tempo quando non si ha più nulla da perdere, nessun motivo per cui tentare di non sprecarlo.

È la condizione ottimale per ragionare sulla vita, quando di quest'ultima non ti restano che frattaglie scomposte.

Alterno bianco e nero, nel rapido susseguirsi delle ali di un colibrì, mentre riapro le palpebre sbattendole veloci. Sono svenuto. Devo essere stato incosciente per un po' a giudicare dalla fatica con cui le pupille si riabituano alla luce.

Vedo occhi di gente sconosciuta fare capannello sopra di me. Alcuni no, invece, li conosco.

Quelli di Greta sono i più vicini. È china su di me.

Piange sommessamente.

Mi chiedo se abbia mai saputo fare altro nella vita. Forse piange per lavoro o per contratto.

E nel suo lavoro deve essere ai vertici, campionessa mondiale. Lo fa in modo quasi naturale, un fluire costante di liquido caldo. La mano tergicristalla la guancia e un nuovo rivolo si fa spazio sulle gote rosee.

Io piacevolmente non sento nulla. Nessun sentimento.

Come mi fossi spezzato la vertebra atlante, come se da lì passasse l'emozione a irrorare il corpo.

Come se nel rompersi, tutto si fosse riversato di fuori lasciandomi vuoto e lucido, quasi sereno.

Tilt. Stacco la spina. Azzero tutto.

Marti è morta.

So che appartenevi al mondo, con quel sorriso assoluto. E del tuo mondo io facevo parte.

Sto vivendo cento anni in un minuto. Tutto è veloce, la testa macina concetti, si inerpica in luoghi sconosciuti. Non ho più paura, rischio tutto, tanto non ho niente da perdere. Ho già perso.

Indiscutibile è amare, incomprensibile e assoluto.

L'intelligenza è sopravvalutata, l'instancabile ricerca umana di capire.

Gli stupidi vivono meglio.

Scomporre i sentimenti, analizzare le azioni, frammentare l'umano. Perdita di tempo.

Sentire tutto, sentire nonostante tutto.

La vita non si capisce. La vita è immersione nell'esperienza evitando di tentare di codificarla.

La vita non è la risposta a una domanda. È la domanda.

La vita è il rischio, l'insondabile, la vita è la morte in realtà. Un passaggio, un traghetto.

La vita ha senso solo per il fatto che finisce. È un mezzo, un percorso, non una meta.

Le capisco tutte adesso queste cose? Dopo aver viaggiato in lungo e in largo per mezzo mondo, proprio qui? In questo orrendo corridoio?

Marti il mio momento T è adesso. Adesso te lo direi che ti amo. Te lo urlerei in faccia, vivo e disperato. Che niente ha più senso di questo. Niente.

Ti amo. Ti amo al di sopra dei limiti dell'umano. Ti amo anche se non te l'ho mai detto.

Non c'è nulla di più importante nella vita di una promessa per la vita.

Nemmeno la vita stessa è così importante.

La vita spesso è sacrificata alla promessa.

La nostra promessa sopravvivrà a tutto questo.

Sono qui. Ventinove passi dopo essere entrato in questo stupido edificio parigino di mattoni rossi. Mi sono appena rialzato, barcollante ma saldo. Voglio andare avanti.

Uno stupido signore con camice bianco mi fa cenno con la mano di aprire la porta ed entrare.

La maniglia di acciaio satinato ha uno stupido andamento ondulato. Penso a quanto sia stato stupido l'architetto che l'ha scelta. Non è adatta a questo luogo, qui nulla è ondulato, morbido.

Dritto e tagliente. Solo angoli dove poter inciampare e spaccarsi la testa.

Odio tutto di questo posto, anche il colore rossiccio del legno di ciliegio alle pareti, stupido e lezioso. Credo che sia l'odio la mia benzina, adesso.

Odio l'odore di disinfettante che cerca di cancellare le grida che queste pareti hanno assorbito, le lacrime che impregnano il soffitto. È stupido solo pensarlo, qui il dolore non verrà mai cancellato.

La lunga processione costante, giorno dopo giorno, di chi viene a dare un volto alla morte, a guardare che faccia ha.

«Non ti sembrerà nemmeno lei. Il corpo, quando l'anima se ne va, perde la sua luce.»

Non so chi mi disse questa frase. Fa parte di quel catalogo di frasi che immagazzini in modo quasi incosciente e che poi risaltano fuori al momento più adatto.

Cosa sto venendo a fare qui, adesso?

Forse aveva ragione Fabri, era meglio conservare solo il ricordo.

Il ricordo di te che ridi camminando davanti a me per le strade di Parigi mangiando un gelato, che ti cola sulla mano e te la lecchi.

Il ricordo di te, la mattina presto, quando mi sveglio per primo mentre ancora dormi. E rimango tempi indeterminati a guardare il tuo petto gonfiarsi di vita nell'immobilità serena del tuo stare.

Il ricordo di te che scommetti su di noi. Il ricordo di sentirsi una squadra.

La mia mano si appoggia sulla stupida maniglia satinata come fosse una lama di bisturi. Il suo peso e la forza di gravità mi tolgono dalla responsabilità di dover scegliere se aprire o meno quella porta.

Lo stupido con camice bianco mi guarda con faccia compassionevole. Vado da Marti poi torno a spaccarti la faccia, idiota. Quella espressione irritante da "poverino è rimasto solo" te la cambio a forza di pugni sul naso. Amore e morte sono dentro di me, contradditori e statuari. Provo tutto.

La stupidità umana raggiunge il suo apice supremo quando aprendo la porta mi si para davanti una parete retroilluminata con una mega cartina geografica in simil alabastro.

Architetto degli obitori, ovunque tu sia, spero tu possa presto utilizzare in prima persona la stupida architettura che hai progettato. Amen.

Odio. Tutto. Sento tutto troppo.

Entro. E un passo mi sembra la maratona di New York. I muscoli delle cosce sono pezzi di calcestruzzo solidificato, avverto la fatica di ogni minimo movimento nelle fibre indurite del mio essere.

Percorro con gli occhi tutta la parete in simil alabastro con quella stupida cartina geografica.

Mi chiedo a cosa serva.

In fondo, una parete. Fino all'altezza della vita legno, sopra vetro.

Mi avvicino in un rallenty spazio-temporale dilatato all'infinito.

È la prima volta nella vita che mi capita di andare, coscientemente, di fronte al mio destino.

Al cambiamento radicale della mia vita, niente sarà più come prima. Avanti e Dopo Marti.

Mi hai detto tante volte che tu volevi un «per sempre».

Ce l'hai fatta, Amore mio. Con questa mossa ti sei aggiudicata il premio.

Per sempre insieme, senza il minimo dubbio. Incastonati l'una nella vita dell'altro.

Mi guardo il polso sinistro.

«Dai quando ci ricapita. E comunque voglio tornare a vivere qui. New York è la mia città, mi sento libera.»

«E perché dobbiamo proprio tatuarcelo?»

«Perché no?»

«Perché fa male?»

«Piotto, non farmi il fifone. E poi sarà più di un anello di fidanzamento. Sarà un segno che porteremo per sempre io e te. Qualsiasi cosa succeda. Sai che punto al "per sempre".»

«Lo faccio solo perché... quelle due parole.»

Il tatuatore sadico, mentre mi scarnificava il polso, ti guardava sorridendo.

«Ehi, se continui a lamentarti così, la tua ragazza poi non te la dà.»

«Senta, signor tortura, pensi a finire in fretta. Che poi se dopo questa non me la dà le brucio casa.»

Siamo usciti con i polsi impacchettati nella pellicola, come resti smangiucchiati di una cena succulenta. Mi sono sentito la doggy-bag di me stesso.

Di notte ce li guardavamo. Era la cosa fisica più simile che avevamo, anzi identica. Mi capitava di essere da solo per Roma mentre tu trotterellavi per gli Champs-Élysées e baciarmi il polso, baciando te. Vorrei solo sapere cosa potevano pensare le persone che mi camminavano a fianco.

Ill be back.

«Scusa Marti, ma non si scrive con l'apostrofo?»

«Oh, cacchio.»

La scenata che hai fatto al tatuatore rientrando nel negozio, pretendendo che te lo correggesse me la ricorderò per sempre. Credo di aver avuto la mascella slogata per il troppo ridere per una settimana. Mai così tanto e così a lungo. Ma come ti viene in mente? Eri furiosa. Poi davanti a quello Starbucks, dieci minuti dopo, mi hai detto: «Sono contenta ci sia un errore. Così ora è solo nostro. Anche noi siamo due errori. Non dovevamo finire insieme, lontani, diversi, egocentrici. E invece siamo qui».

«Siamo il frutto di un errore. Ma gli errori sono le uniche cose che permettono all'uomo di evolversi.»

«Continuiamo a sbagliare insieme?»

«Dai, tanto ormai che ci possiamo fare? È pure tatuato!»

Capisco ora che un errore lo avevi già fatto. Ma hai scelto e hai scelto me. Basta questo.

Ill be back. Sul polso sinistro, quello della vena che porta dritta al cuore.

So che tornerai Marti. Non so come, ma tornerai. Non mi lascerai solo, qui, così.

Sono quasi davanti al vetro. Intravedo la sagoma sotto il lenzuolo.

Gli occhi bassi, tutto scorre lento.

Percorro l'immobilità del tuo corpo steso.

Intravedo la forma dei tuoi piedi nascosti dal lenzuolo bianco con quelle due righe azzurro cenere. Mi sembra il velo di Madre Teresa di Calcutta, te l'ha prestato per questo ultimo viaggio.

Sono pronto? No, non credo. Ma sono qui.

Non si è mai pronti per guardare in faccia la morte. Per salutare un amore che se ne va.

Non si è mai pronti per vedere il dolore solidificato, l'espressione totalizzante di un addio.

Ma sono qui.

Costringo i miei occhi con la forza a continuare la mia via crucis lungo gli avvallamenti del tuo corpo. La tua rigidità intagliata nel marmo, come il Cristo velato di Napoli.

Quell'umanità urlata nella fermezza di un attimo eterno.

Non riesco ad arrivare al tuo volto. Ma sono qui.

Ultimo sforzo, salto nel buio. Baratro.

Hanno ragione. Quando quei ventuno grammi di anima lasciano questa terra quel corpo rimane solo un corpo. È assurdo avvertire in modo fisico e concreto che tu non sei più lì.

Quello è solo un involucro senza senso. Tutto il nostro io è fatto di ventuno grammi. Il resto dei chili sono corollari insufficienti a identificare una persona. Un guscio al quale ci si affeziona indirettamente.

Ti guardo nella tua totale fermezza e non ti riconosco. Tu, Marti, non sei lì.

La lancia conficcata nel petto da quasi ventiquattrore sparisce per un attimo.

Un attimo di lucidità, sospeso sulla coscienza, sul giusto e lo sbagliato, alto lontano anni luce dal resto dell'umanità. Un alieno che osserva dal suo disco volante questo ciclo assurdo di perdite e ritrovamenti.

Ma sono qui. Devo focalizzarmi, essere attento al momento.

Devo ricordarmi, scarnificarmi l'anima, segnarmi indelebilmente di questo momento.

Non riconosco la bocca, le guance, le tue fossette, gli occhi. La tua pelle è scura, forse è già in atto il processo di deperimento. Perché non ti riconosco Marti, dove sei? Dove sei andata?

Lo stupido uomo con camice e fare compassionevole mi appoggia una mano sulla spalla.

«Dobbiamo fare il riconoscimento. Scusa, so che è un momento difficile. Ma è la procedura. Vorrei poterti evitare la cosa.»

«Capisco.»

Muori idiota. Oppure abbracciami, ma non lo vedi come sto?

La sua mano sulla spalla, la procedura di riconoscimento, mi riportano alla realtà.

Perché la vita è fatta di procedure, di regole, e io devo fare il bravo ragazzo, devo fare i compiti e adesso da bravo quale sono devo fare i documenti. Devo compilare le schede, devo tradurre in numeretti incasellati tutta la distruzione di un sogno a due.

Io ora devo essere bravo. Riportarmi a me stesso, con dignità.

Ricacciare le lacrime a pedate dentro gli occhi. Devo morire fingendo di vivere. Come da procedura.

Ti guardo ancora, sono scioccato quanto la morte ti ha portato via. Io non so più chi sei, chi sono. Cosa è quella carne davanti a me?

Ti guardo.

Guardo Marti.

Non riesco a piangere. Sono fisso sul tuo volto che non mi parla più di te. Aspetta Marti. Ma sei tu?

Passo trenta

La fronte si spalma sul vetro, il fiato dal naso forma due piccoli coni di condensa.

I tuoi occhi liquidi guardano l'immobilità del lenzuolo appoggiato, lo so che speri che tutto a un tratto si muova. Era solo uno scherzo, non preoccuparti si torna alla vita normale, quella dove non è faticoso respirare, dove lo si dà per scontato.

È sempre difficile riconoscere la morte, guardarla in faccia, spiegare il mistero, e ti dico già, piccolo Franci, non si può.

Sto bene, non ti devi preoccupare, tutto okay. Sento tutto, più di prima, sento te.

Sento il tuo amore e il tuo annullamento.

Sai che ti dico?

Forse non lo saprai mai se su quel letto ci sono io o è stato solo un grande errore.

Non importa alla fine di questa storia.

Ti sei fatto uomo, in trenta passi di disperazione, e guardati lì.

Forse non ti ho trattato sempre bene, forse non avrò una

seconda occasione di infilare la mia mano nei tuoi capelli, prenderti in giro per quella pancetta che alla fine non c'è, ma mi diverte vedere la tua faccia quando ci rimani male. Mi piace consolarti e farti stare zitto spiaccicandoti le mie labbra sulle tue.

Sarai sempre qui, nel mio cuore. Io sarò sempre nel tuo.

Ci siamo toccati in questa vita, basta una volta, si rimane lì, collegati dalla verità di un attimo, per sempre.

Altre vite, non lo so, forse. Sicuramente nel caso, la mia anima si scontrerà con la tua, per strada, per sbaglio, per amore. Raccoglierai il libro che mi hai fatto cadere e me lo darai. Mi guarderai negli occhi e capirai che eri già stato lì, che quegli occhi sono per te.

Capirai che litigheremo ancora, per delle stupidate da poco, che faremo la pace e che quella sarà la parte migliore.

Non sempre si può stare dove si vuole. Se me ne vado adesso, sarà troppo presto, lo so che lo stai pensando, nel pieno di una vita, con mille progetti in testa. Be', è una stupidata anche questa. Se me ne vado adesso è solo semplicemente perfetto. È terribile, ma perfetto. Ho fatto quello che dovevo, con te, con mia madre, con tutte le persone che ho sfiorato in questa vita. E ci sarà qualcosa di speciale in ognuno di loro, un mio piccolo seme, se gli permetteranno di fiorire mi incontreranno ancora mille volte.

Il disegno è più grande di noi, di te, di me, anche del nostro amore. Guardali, tutti dietro le tue spalle, Marina, Greta, Maiki, Raffaele, Guja, Andrea, quanti sono? Guarda, c'è anche la mia famiglia, guarda mamma Anna con quel casco di capelli, il mio fratellino e i suoi mille tatuaggi, mio padre fiero, mia zia Laura con il piccolo Tommy, che ti ho tanto aspettato. Tutti lì, con te.

Io sono voi, voi me.

Non saprai mai se Marti è morta, solo perché non è importante che lo sia o meno.

Sappi che la morte non esiste.
Sappi che ci sono sempre.
Sappi che si passa.
Sappi che non si capisce.
Sappi che tutto può diventare amore.

Lo scoglio, il mio preferito, non è facile da raggiungere. Il tuo maglione verde, con quei nodi grossi profuma sempre di te. Mentre il sole sminuzza di mille riflessi la superficie piatta mi siedo sulla punta. Un pescatore di vongole lentamente scandaglia il fondale e due bambini sulla spiaggia dei Sassi giocano con un Jack Russel, si chiama Bacco. Se lo chiamano una volta ancora, secondo me scapperà per sempre, anche a nuoto.

Come stai, Marti? Quante cose sono cambiate vero?

Dall'occhio sinistro scende una lacrima, sola e indipendente. Ha deciso lei di scendere. Tutto si scioglie in quella lacrima, tutto fluisce fuori da me. Scende portandosi fuori la mia anima. La vita mi sta partorendo. Il travaglio è stato lungo e sofferto. È stato crudo, violento, sanguinoso. Sono stato partorito di vetro, sono prossimo alla rottura. Ma sono nato. Adesso.

Che cosa strana la vita.

Davanti agli occhi il mare e le tue facce, le rivedo nelle situazioni passate, nei ricordi dei momenti insieme. Le fai tutte, l'intera gallery.

Quando mi hai ritrovato sotto l'ufficio, sorpresa dell'ultimo momento.

Quando ti ho portato in quel piccolo cinema rosso di Trastevere, che prima era un porno e poi divenne d'essai e lì, soli, feci proiettare quel video dove tutti i nostri amici ed emeriti sconosciuti fermati per strada ti dicevano "ti amo" che io allora non lo potevo ancora dire, con quel bambino sul finale che passeggia lungo il Tevere e che ti diceva che stavo solo aspettando il momento giusto.

Quella faccia quando mi hanno preso in quel film e sarei stato fuori per tre mesi.

Quella di quando ti ho detto prepara la valigia e non fare domande.

Quella della colazione a letto, con le uova al tegamino e la pancetta croccante. Che poi è caduta tutta sul letto, che quella pantofola l'hai lasciata in giro tu e se sono inciampato è colpa tua.

Quella alla Scala, al mio braccio, in lungo color carne, che te lo dico sempre che è il tuo colore.

Quella quando hai preso la tua prima campagna pubblicitaria grossa e hai chiamato me, su Skype. Per primo.

Tutte quelle facce le hai ora addosso. Tutte qui.

Sei straordinaria e imprescindibile.

Sei casuale, causale e necessaria.

Mi sei di fronte. Ti sono davanti.

«Tu non sai.»

«So tutto.»

«No. Non che non lo sai. Sai cos'è la cosa che più mi ha fatto soffrire in questi trenta passi? Quella che mi ha distrutto dentro? È che lo penso tutti i giorni e non te l'ho mai detto.»

«Aspettavi il momento speciale, quello necessario.»

«Sì.»

«Sì.»

«Marti...»

«Sì?»

«Credo che sia il momento giusto sai?»

«Lo credo anche io.»

«Oddio sembra un esame. Ci sono. Ci sei?»

«Ci sono da parecchio Fra. Facciamolo e basta. Anche se non cambia nulla fra noi, no?»

«Come no, cambia tutto. Da oggi io mi sveglierò dicendotelo. Ogni giorno.»

«Mi sembra un ottimo piano. Ma dovrai dirmelo solo finché lo pensi veramente.»
«Certo. Ma se lo penso, lo penso per sempre. Mi conosco.»
«Okay. Lo spero. Sono pronta.»
«Marti poi non sarà più...»
«Sono pronta, porca miseria!»
«Okay, okay, non c'è bisogno di alterarsi.»
«Vai, scemo.»
«Marti è un po' che volevo dirtelo.»
«Sì, bene... dimmi...»
Chiude gli occhi. Ne riapre uno, per controllare che sia ancora lì. Ci sono.

«Ti amo.»
«Anche io ti amo, Franci.»

Mi avevi detto quel giorno a Cefalù che sarei dovuto tornare alla boa, ogni volta che ne avrei sentito il bisogno, ogni volta che avrei avuto bisogno di te, di noi, di capire come cavolo funziona tutto questo mondo. Che sarei potuto rimanere lì, sospeso per ore con te che mi guardi in silenzio e mi dici tutto quello che mi fa sentire quanto siamo importanti. Mi hai detto che a quella boa ci saremo sempre, noi due, a farci da specchio. Quella boa lì, davanti a me, ora.
Ill be back sul mio polso.
Ill be back sul tuo.
Lo avevi promesso. E sei tornata.

Ringraziamenti

Questo libro non l'ho scritto io. Mi è stato dettato dalla vita e da quelli che ne fanno parte. Vorrei ringraziare tutti voi che lo avete scritto con me; ogni giorno, ogni sorriso, ogni schiaffo, ogni silenzio che mi avete regalato è qua, nascosto nello scorrere di queste righe.

La mia numerosa famiglia – Babbo Piero, Mamma Giusy, i miei quattro fratelli Stefano, Francesco, Elena e Magda, le mie cognate e il loro innumerevole proliferare (datevi 'na calmata), tutti gli zii e i cugini – che si è ritrovata fin da subito un essere piuttosto anomalo fra le scatole e lo ha sempre accompagnato senza giudizio e con immenso amore. La famiglia di Franci e il suo coraggio, in particolare Anna e il grande regalo che mi ha fatto. I miei amici che ritrovate nelle pagine, Marina, Matilda, Greta, Michele, Gabriele, Michela, Raffaele, Guja, Andrea, Fabrizio, Chantal, Cesare sono ancora tutti nella mia vita, e questo per me vuol dire molto. Gli amici che ho incontrato successivamente e che mi rendono uomo ogni giorno: Fede, Franci, Emma, Ludo e Jack, Cande, Viviana, Diego, Antonia, Simona, Eva, Matteo, Cristina, Giulia, Anna, Mimmo, Giovanni, Andrea, Manuel, Alessandro, Michele, Paolo, Guido, Vanessa, Giada… Scusate, siete troppi e stanno andando in stampa, mi riduco sempre all'ultimo, quindi qualcuno lo avrò dimenticato, vi prego di perdonarmi. Ma anche il vostro nome è fra le parole di questo libro, nascosto, ma c'è. L'ordine di apparizioni invece è dato dall'ultima chiamata che mi avete fatto sul cellulare, così gli ultimi imparano a non chiamarmi più spesso ;-) quelli che non ci sono non mi chiamano davvero da troppo tempo, ma vi amo uguale.

Ringrazio Alfonso, il mio agente orsacchiottino dell'amore (ora parte la querela), Alessandro e Alby e tutti i ragazzi della next models che mi sostengono sempre, anche nelle situazioni più assurde in cui li caccio, quando arrivo in agenzia e dico la fatidica frase: «Ho avuto un'idea!», e sanno già che sarà un casino, ma intanto rimangono lì. Siete davvero una seconda famiglia.

Ringrazio Francesco – un caso? – che mi ha scovato per caso o per sbaglio, che prima di sapere che avessi scritto un romanzo voleva già pubblicarlo, che mi ha accompagnato passo passo fino a questo momento in cui tu, illustre sconosciuto, lo stai leggendo. A proposito, ottima scelta! Ringrazio Alberto e Andrea di Mondadori per l'entusiasmo commovente mostrato dal primissimo incontro e per la fiducia, su tutto.

Un grazie enorme alle persone che mi seguono da anni, sempre con maggiore attenzione e affetto. Ovviamente se vi state domandando il perché siete ancora qui, chiedete a Bella! (Loro sanno cosa intendo.)

Grazie a Bacco e alle sue pose statiche e al suo psicoterapeuta a cui andranno gran parte dei proventi di questo libro.

E ringrazio il dolore che mi ha spaccato e aperto gli occhi, insegnandomi ad amare.

P.S. Ringrazio anche l'ironia, che mi ha salvato la vita. Sempre.

SIAE DALLA PARTE DI CHI CREA
Aut. II - 00 - 2018

Mondadori Libri S.p.A.

Questo volume è stato stampato
presso ELCOGRAF S.p.A.
Stabilimento - Cles (TN)

Stampato in Italia - Printed in Italy